岩 波 文 庫

32-262-4

動 物 農 場

―― おとぎばなし ――

ジョージ・オーウェル作
川 端 康 雄 訳

岩 波 書 店

George Orwell

ANIMAL FARM
A Fairy Story

1945

目　次

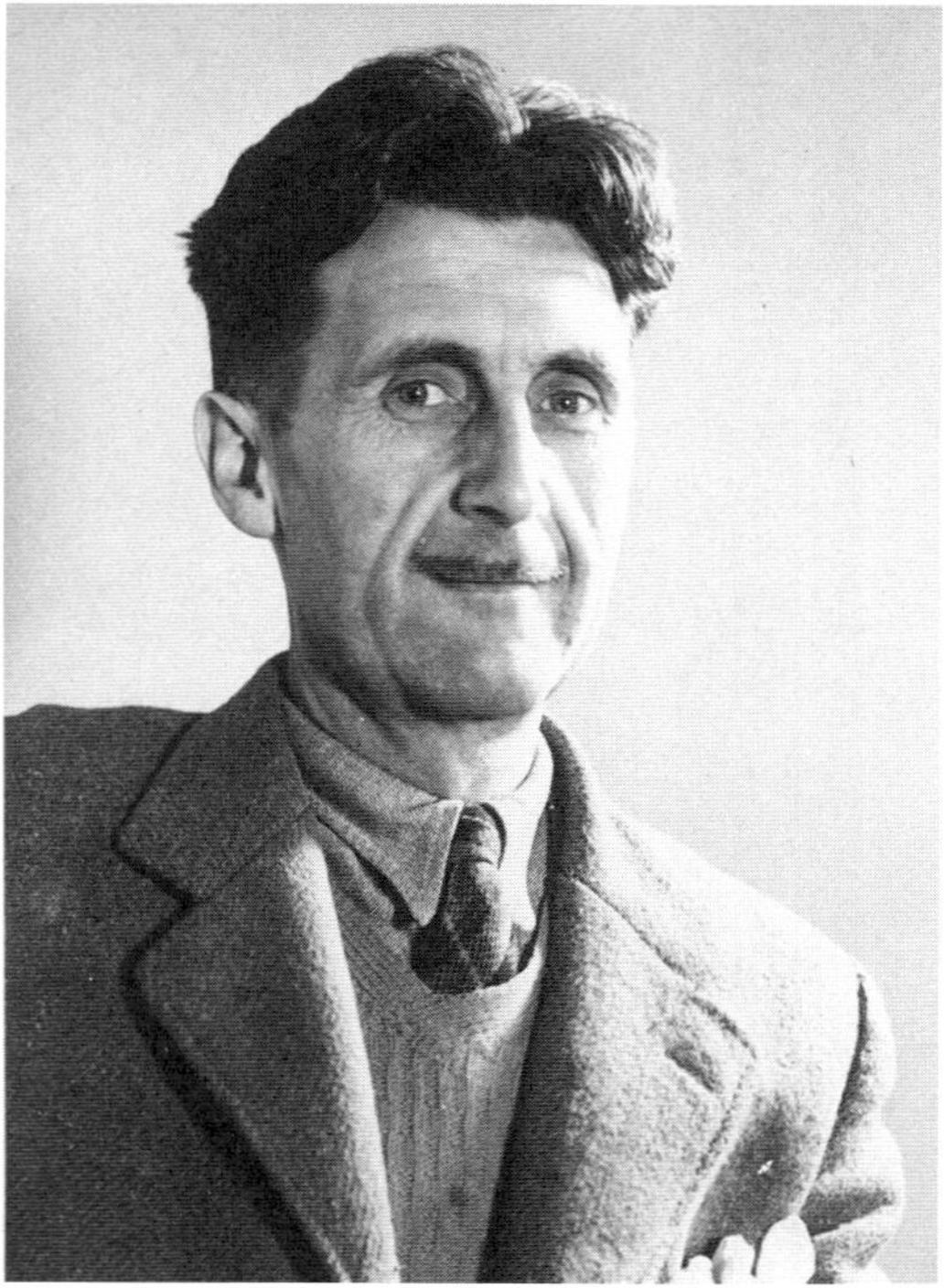

ジョージ・オーウェル(1903-1950)

動物農場

——おとぎばなし

第一章

荘園農場《マナー・ファーム》のジョーンズさんは、にわとり小屋にかぎをかけて夜のとじまりをしましたが、ひどくよっぱらっていたので、くぐり戸を閉めるのを忘れてしまいました。ランタンからもれでるまんまるの明かりを左右にゆらしながら、中庭をふらふらとすすみ、裏口でブーツをけっとばしてぬぎすて、台所のビヤだるから寝しなの一ぱいをごくりと飲んで、二階のベッドにあがってゆきました。ベッドのなかではおくさんがすでにいびきをかいてねむっています。

寝室の明かりが消えると、すぐに農場の建物じゅうでざわざわ、ばたばたという物音がしました。昼間のあいだにはなしが広まっていたのです。なんでも、品評会で入賞したミドル・ホワイト種のおすぶた《ボアー》であるメージャーじいさん[1]が昨晩ふしぎな夢を見たので、ほかの動物たちにそれを伝えたいのだとか。それでジョーンズさんがいなくなってだいじょうぶになったら、すぐにみな大納屋《おおなや》に集まろうということになったのです。メージャーじいさん(いつもそう呼ばれていました。ただし品評会に出されたときは「ウィリンドン誉《ほま》れ」というなまえでした)は農場でみんなからとても尊敬されていたので、あのじいさんのはなしを聞くためだったら、一時間ぐらい睡眠時間がけずられてもかまわないや、とみんな思ったのです。

大納屋のはじっこの、もりあがって壇《だん》のようになった場所で、メージャーはもうわらを敷きつめたところにおさまっていました。梁《はり》からぶらさがったランタンに照らされています。メージャーは当年とって十二歳。ちかごろはだいぶ太りぎみですが、まだまだ堂々としたふうさいの**ぶた**で、牙《きば》が一度も切られたことがなかったというのに、かしこくてやさしそうな顔つきをしていました。まもなくほかの動物たちもやってきて、それぞれのやりかたで楽なしせいをとりました。最初に来たのが**いぬ**三びき、ブルーベル、ジェシー、ピンチャーで、それからぶたたちが壇のすぐまえのわらの上におちつきました。**めんどり**たちは窓のしきいのところにとまり、**はと**たちは垂木《たるき》の上にまいあがり、**ひつじ**と**めうし**たちはぶたのうしろによこたわり、反芻《はんすう》をはじめました。二頭の輓馬《ばんば》、ボクサーとクローヴァーが、いっしょに入ってきました。ちいさな動物がわらのなかにかくれているのをふみつぶしてはいけないというので、ゆっくりと歩き、毛のふさふさした大きなひづめをそおっとおろしました。クローヴァーは中年に近いとしで、太っていて母親らしいめすうまで、四度目のお産をしたあと、完全にはもとの体つきにもどっていませんでした。ボクサーはとても大きなおすうまで、体高《たいこう》がおよそ十八ハンド〔約一八三センチ〕もあり、ふつうのうまの二頭ぶんの力がありました。鼻に白いすじが一本通っていて、そのためにいささか間が抜けて見え、じっさい、頭がすごくよいというわけではありませんでしたが、それでも、ねばり強い性格で、はたらく力が並はずれているので、みんなから尊敬されていました。[2]うまたちにつづいて、白やぎのミュリエルとろばのベンジャミンがやってきました。ベンジャミンは農場でいちばんとしよりの動物で、いちばんのつむじまがりでした。めったに口をきかず、たまに口を開くときはたいていなにか皮肉を言うためでした。たとえば、神さまはわしにハエを追っぱらうためにしっぽをくれたが、それよりはしっぽもハエもないほうがよかったなあ、とよく言っていました。この農場ではかれだけが笑いませんでした。わけを聞かれると、おかしいものなどなにもないからさ、と言うのです。それでも、みんなのまえではっきりと言いはしませんでしたが、ベンジャミンはボクサーのことが大好きでした。日曜ともなるとこの二頭は果樹園のむこうの小牧場《パドック》に行って、ならんで草を食べ、なにもしゃべらずにいっしょにすごしていました。[3]

二頭のうまが横になったちょうどそのとき、母親をなくしたあひるの子たちが列をなして納屋に入ってきました。ピーピーとかぼそい声で鳴き、ふみつぶされない場所をさがして、よちよちと歩きまわっています。クローヴァーが大きな前足でまわりに壁をつくってやると、あひるの子たちはそのなかに心地よくおさまって、すぐにねむってしまいました。さあこれから、というときになって、モリー[4]が入ってきました。ジョーンズさんの二輪馬車《トラップ》[5]を引く白いめすうまで、かわいらしいけれど頭が空っぽでした。角砂糖をくちゃくちゃかみながら、気どったしぐさで歩いてきたモリーは、まえのほうに席をとると、白いたてがみをふりはじめました。たてがみを編んでいる赤いリボンを見せびらかしたかったのです。おしまいにやってきたのがねこでした。いつものように、いちばんあたたかいところはどこかしら、とあたりを見まわして、やがて、ボクサーとクローヴァーのあいだにぎゅっともぐりこみました。その場所でねこはメージャーの演説のあいだじゅう、おはなしは一言も聞かないで、ゴロゴロと気持ちよさそうにのどをならしていました。

モーゼズ[6]をのぞけば、いまや動物たちがみんな出席していました。モーゼズというのは飼い慣らされた大がらすで、裏口のうしろの止まり木でねむっていました。メージャーは、みんなが心地よく席について、はなしがはじまるのをじっと待っているのを見ると、えへんとせきばらいをしてから、こう切りだしました。

「同志諸君、わしがゆうべ見たふしぎな夢のことは、もう聞いておるじゃろう。だがその夢のことはあとまわしにしよう。ほかのことでまず言っておかねばならんことがある。同志諸君、わしがみんなといっしょにいられるのは、あと数カ月もないだろう。それで、死ぬまえに、自分がえた知恵をみんなに伝えるのがわしのつとめだと感じておる。わしは長く生きてきた。小屋のなかでひとりで横になっているときなど、ものをかんがえる時間がたくさんあった。それで、こういってよいと思うのじゃが、この地上でのくらしというのがどんなものであるか、いま生きているどんな動物にも負けぬくらい、わしにはわかっておる。みんなにはなしたいのは、このことなのじゃ。

さて、同志諸君、この地上でのわしらのくらしはどのようなものであろうか。目をそむけずに見てみよう。わしらのくらしはみじめで、苦労が多く、しかも短い。生まれると、かろうじて命をつないでいられるだけの食べ物を与えられ、最後の力がつきるまでむりやりはたらかされる。そして、つかえなくなったとたんに、むごたらしく殺されてしまう。生まれて一年をすぎれば、しあわせだとかゆとりだとかの意味を知る動物はイギリスには一ぴきもおらぬ。イギリスには自由な動物は一ぴきもおらぬ。動物の一生はみじめな奴隷《どれい》の一生じゃ。これほど明白な事実はないぞ。

だが、これは自然の秩序の一部にすぎないことなのだろうか？　わしらのこの国土があまりにもやせ細っているために、そこに住むものたちがまっとうなくらしを送ることができない、というのであろうか？　いや、同志諸君、けっしてそんなことはないのだぞ！　イギリスの土地は地味《ちみ》ゆたかで、気候もよい。いま住んでいる数よりもはるかに多くの動物たちにたっぷりと食べ物をもたらすことができるのじゃ。この農場ひとつとってみても、十数頭のうま、二十頭のうし、数百ぴきのひつじが食べてゆける──しかも、いまのわしらにはほとんど想像できぬくらいに、気持ちよく、品位をもって、みながくらしてゆけるはずじゃ。それなら、どうしてわしらはこんなみじめなくらしをつづけているのか。それは、わしらがせっかくはたらいて生み出したものが、ほとんどまるごと人間にうばわれてしまうからじゃ。同志諸君、わしらのかかえるすべての問題の答えがそこにある。それは、せんじつめればただ一言──人間じゃ。人間こそがわしらの唯一のまことの敵なのじゃ。この場面から人間をとりのぞけば、飢えと過労の元凶《げんきょう》が永久に消え去ることになる。

ものを生み出さずに消費ばかりする生き物といえば、人間ぐらいしかおらぬ。人間はミルクも出さぬしたまごも産まない。鋤《すき》を引く力もない。野うさぎを捕まえるほど早く走れもしない。それなのにすべての動物を支配しておる。動物たちをはたらかせて、お返しに与えるのはかろうじて飢え死にしないだけのぎりぎりの量の食べ物、残りは全部人間が独り占めじゃ。わしらの労働は土地を耕し、わしらの糞《ふん》は肥やしになる。それなのに、わしらのなかに、この素肌《すはだ》のほかに持ち物があるものはいない。わしの目のまえにいるめうしたちよ、この一年間で何千ガロンの牛乳を出したのか。子うしをすこやかに育てるはずの牛乳はいったいどうなった？　一滴残らず、わしらの敵が飲みほしてしまった。それから、そこのめんどりたちよ、この一年間でどれだけのたまごを産んだのか、そしてそのたまごのうちのどれだけが雛《ひな》にかえったのか？　残りはすべて、ジョーンズとやつの手下どもに金をもたらすために、市場《いちば》にもっていかれてしまった。そしてそこのクローヴァーよ、おまえが産んだあの四頭の子うまはどこにいる？　おまえの老後の支えとなり楽しみとなったはずの子どもだというに。一歳になってみんな売られてしまった――どの子も二度と会えないことだろう。四度のお産とすべての畑仕事のお返しに、おまえはいったいなにをもらったのかね？　かろうじて生きていけるだけの飼い葉と、厩《うまや》だけじゃろう。

　しかも、そんなみじめなくらしを送ったあげくに、天寿《てんじゅ》をまっとうすることすらゆるされないのじゃ。わしのことをいえば、文句はない。運のいい部類に入っているからのう。わしは十二歳で、四百ぴきをこえる子をもうけた。それがぶたの本来の一生というものじゃ。だが、いかなる動物も、最後にはむごたらしいナイフを逃れることはできぬ。わしのまえにすわっておる若い食用ぶた《ポーカー》[7]たちよ、一年とたたぬうちに、おまえたちは残らず、首切り台にのせられ、断末魔の悲鳴をあげて命を終えることじゃろう。そんなおそるべき目にわしらみながあわねばならぬ——うし、ぶた、にわとり、ひつじ、みんなじゃ。うまやいぬにしても、おなじような定めだ。なあ、ボクサーよ、おまえのそのたくましい筋肉に力がなくなったら、そのとたんにジョーンズはおまえを馬肉売り《ナッカー》に売りとばすだろう。その業者はおまえの喉を切り裂き、煮詰めてフォックスハウンド犬のエサにしてしまうだろう。いぬだってそうじゃ。老いぼれて歯が抜けたら、ジョーンズは首にレンガをくくりつけ、近くの池に沈めてしまう。

　同志諸君、そういうわけで、わしらのこんなくらしのすべての災いが、人間どもの勝手な支配から発するものであるということは、水晶のように曇りなく明らかではあるまいか？　人間を追い出しさえすれば、わしらの労苦が生み出したものはわしら自身のものとなるであろう。ほとんど一夜にして、わしらはゆたかに、自由の身になれるだろう。それでは、わしらはなにをなすべきか？　そうじゃ、人類を打ち倒すために、日夜、全身全霊《しんぜんれい》をこめてはたらくのだ！　同志諸君、それがわしからみんなへのメッセージじゃ。〈反乱〉あるのみ！　その〈反乱〉がいつ起こるのかわしにはわからぬ。一週間後かもしれないし、百年後かもしれない。じゃが、わしの足下のこのわらを見ているのとおなじくらいたしかに、わしにはわかっておる。遅かれ早かれ正義の裁きはなされるのだと。同志諸君、短い一生の残りの時間をとおして、それをしかと見すえておけ。そしてなによりも、わしのこのメッセージをのちに生まれ来るものたちに伝えるのじゃ。未来の世代のものがたたかいをつづけて、ついに勝利をおさめることになるように。

そして、よいか、同志諸君、みんなの決意がゆらいでしまうことがけっしてないように。いかなる理屈によっても道を外れてはならない。人間と動物は共通の利益をもつ、だとか、人間の繁栄は動物の繁栄である、などと言われても、口車にのってはならぬ。すべてうそなのじゃ。人間はほかの生き物などどうでもよく、自分の利益しかかんがえておらん。そしてわしら動物は、完全な団結をはかり、また完全な連帯をもって、たたかってゆくようにしよう。人間はみんな敵だ。動物はみんな同志だ」

ちょうどこのとき、けたたましい騒ぎが起こりました。メージャーの演説のさいちゅうに、四ひきの大きな野ねずみが穴からはい出してきて、ちょこんとすわってはなしに耳をかたむけていたのです。それをいぬたちがとつぜん見つけて、野ねずみは巣穴におおいそぎで逃げて、かろうじて命拾いしたのでした。メージャーは静かにするようにと前足の片方をあげて、こう言いました。

「同志諸君、ここで片づけておかねばならぬ問題がある。野ねずみや野うさぎといった野生の動物のことじゃが——かれらはわしらの友であるのか、それとも敵であるのか。これを投票にかけよう。この集会にこの議題を提案する。野ねずみは同志であろうか？」

ただちに投票がなされ、圧倒的多数により、野ねずみは同志であるということがきまりました。反対票は四票だけで、いぬ三びきとねこ一ぴきでした。あとでわかったことですが、ねこは賛成と反対の両方に投票していたのでした。メージャーはさらにつづけます。

「もうあまり言うことはない。ただくりかえすしかない。人間とそのやり口のすべてに対する敵対心というみんなの義務をつねに忘れないでいるようにとな。二本足で歩くものはすべて敵じゃ。四本足で歩くもの、あるいは羽根をもつものはすべて味方じゃ。さらにおぼえておいてほしいのじゃが、人間とたたかうにあたって、わしらは人間と似てしまわぬようにせねばならぬ。人間を打ち負かしたあとでさえ、やつらの悪徳をとりいれてはならぬ。いかなる動物も、家に住んではならぬ。ベッドで寝てはならぬ。服をまとうのもいかん。酒も飲むべからず。たばこもいかん。金にふれるのも、商売もまかりならぬ。人間の習慣はすべて悪しきものじゃ。そしてなによりも、いかなる動物も、自分の同胞《はらから》に横暴なふるまいをしてはならぬ。弱かろうが強かろうが、頭がよかろうが悪かろうが、わしらはみな兄弟なのじゃ。いかなる動物も、ほかの動物を殺してはならぬ。動物はみな平等なのじゃ。

さて、同志諸君、ここでわしはゆうべ見た夢について話そう。その夢をみんなにうまく説明することはできない。それは人間がこの世から消えてしまう未来の夢だった。しかし、その夢のおかげでわしはずっとむかしに忘れていたことを思いだした。ずいぶんむかし、わしがまだ子ぶただった時分に、わしのおふくろやほかのめすぶたたちは、ある古い歌をよく口ずさんでいたものじゃった。もっとも、その歌でおふくろたちが知っていたのは、ふしまわしと、出だしの三語だけじゃった。おさないころわしはそのふしを知っていたが、その後は長いこと忘れておった。ところが、昨晩、それが夢のなかでよみがえったのだ。それだけでない。歌詞もまたよみがえってきた——これは、おおむかしの動物たちに歌われ、何世代ものあいだ忘れられていた歌詞にちがいない。同志諸君、これからその歌を歌ってきかせよう。わしはもうおいぼれで、声もしゃがれているが、諸君にこのふしを教えたら、あとは自分たちでもっとうまく歌えるじゃろう。『イギリスのけものたち』という歌じゃ」

メージャーじいさんはごほんとせきばらいをしてから歌いはじめました。自分で言ったとおり、かれの声はしゃがれていましたが、まずまずじょうずに歌いました。それは「クレメンタイン」と「ラ・クカラーチャ」[8]をあわせたような、胸がわくわくしてくるようなふしでした。

イギリスのけものたち、アイルランドのけものたち
世界各地のけものたちよ

黄金の未来についての
わたしの楽しい知らせを聞いておくれ

いつかその日はやってくるさ
横暴な人間が倒され
イギリスの実り多き田野を
けものだけがあゆむ、その日が

われらの鼻から鼻輪が消え
われらの背から馬具が消え
馬銜《はみ》も拍車も永久《とわ》に錆《さ》びつき
残酷な鞭《むち》もふるわれなくなる

想像もできないほどの富が
小麦に大麦、オート麦に干し草

クローヴァーに豆にトウチシャが
われらのものになるよ、その日には

イギリスの田野は明るくかがやき
みずうみはさらに清く澄み
吹く風もさらに心地よくなるよ
われらが自由になるその日には

その日のためにみんなでがんばるんだ
その日が来るまえに死んでしまおうとも
うしもうまも、がちょうもしちめんちょうも
みんなで自由のためにはたらくのさ

イギリスのけものたち、アイルランドのけものたち
世界各地のけものたちよ

黄金の未来についての
わたしの知らせをよく聞いて、広めておくれ

この歌が歌われると、動物たちは大いに興奮してもりあがりました。メージャーが最後まで歌いきらないうちから、かれらは自分で歌いはじめたのです。いちばん頭が悪いものたちでさえ、もうふしと歌詞のいくらかをおぼえてしまい、ぶたやいぬのようなかしこい動物などは、ほんの数分で歌詞をぜんぶ暗記してしまいました。それから、二、三度おさらいをしたあと、農場の動物たち全員による「イギリスのけものたち」のものすごい斉唱《せいしょう》がはじまりました。うしはモーモー、いぬはワンワン、ひつじはメーメー、うまはヒンヒン、あひるはガーガーと、歌いました。みんなこの歌がすっかり気に入ったものですから、五回つづけて歌いました。じゃまが入らなかったら、一晩中だって歌いつづけていたことでしょう。

あいにく、この騒ぎでジョーンズさんが目をさましてしまい、ベッドから飛び起きました。中庭にきつねがしのびこんだと思ったのです。そして寝室のすみにいつも立てかけてある銃をつかみ、闇のなかに六号弾[9]を一発放ちました。散弾が納屋の壁に当たった

ため、集会はすぐに解散となりました。それぞれみんな、自分のねぐらに逃げ帰りました。ことりたちは止まり木に飛びのり、動物たちはわらのなかにおさまり、農場ぜんたいがたちまちのうちにねむりについたのです。

第二章

それから三日後の夜にメージャーじいさんはねむりながら安らかに息をひきとりました。なきがらは果樹園のふもとに埋められました。

これは三月のはじめでした。その後の三カ月間に秘密の活動がたくさんなされました。メージャーの演説は農場の頭がよいほうの動物たちに、くらしについてのまったく新しい見方を与えていたのです。メージャーが予言した〈反乱〉がいつ起きるのかかれらにはわかりませんでしたが、自分たちが生きているうちに起きるとはとても思えませんでした。それでも、その準備をするのが自分たちのつとめであるということははっきりわかっていたのです。ほかのものたちを教え、まとめる仕事は自然にぶたたちのものとなりました。ぶたは動物のなかでいちばん頭がいいとみんなにみとめられていたからです。ぶたのなかでもきわだっていたのが二頭のおすぶた《ボアー》でした。スノーボールとナポレオンというなまえで、ジョーンズさんが売りに出すために育てたぶたです。ナポレオンはおおがらでかなりどうもうな顔つきをしたバークシャー種[10]のぶたでした。この農場でただ一頭のバークシャー種で、はなしはあまりじょうずではありませんでしたが、自分のやりたいことを押しとおすことでは定評《ていひょう》がありました。スノーボールはナポレオンよりも活発で、しゃべるのがうまく、器用でもありましたが、ナポレオンほどのかんろくはありませんでした。この農場にいるほかのおすぶたはみんな食用《ポーカー》ぶたでした。そのなかでいちばんよく知られていたのがスクィーラー[11]というなまえのこがらな太ったぶたでした。ほっぺたがまんまるで目がきらきらひかり、すばしっこく、かんだかい声をしていました。舌がじつによくまわり、なにかむずかしいことをいうときには左右にとびはねてしっぽをふりまわすくせがあり、それがなぜかとても説得力《せっとくりょく》をもちました。スクィーラーは黒を白といいくるめることができる、そんな評判でした。

この三頭はメージャーじいさんの教えをねりあげてひとつの完全な思想体系にし、それに〈動物主義《アニマリズム》〉というなまえをつけました。一週間のうちの何晩か、ジョーンズさんが寝てしまってから、かれらは納屋で秘密集会をひらき、〈動物主義〉の原理をほかのものたちにくわしく説明しました。はじめのうちは、動物たちはひどくおろかな反応をしたり、また無関心であったりしました。ジョーンズさんを「ご主人さま」と呼んで、

「ご主人さまに仕えるのは義務じゃないか」と言ったり、「おれたちはジョーンズさんに食わせてもらっているんだぞ。ジョーンズさんがいなくなったら、飢え死にしちゃうよ」などと、幼稚なことを言ったりする動物がいました。また、「おれたちが死んだあとに起きることをなんで気にしなくちゃいけないんだい」とか、「その〈反乱〉とかいうやつがいずれ起きるっていうなら、そのためにがんばるのとがんばらないのとで、どうちがうっていうんだ」と聞いてくるものもいました。ぶたたちは、そんなかんがえ方が〈動物主義〉の精神に反するのであるとわからせるためにたいへん苦労したのでした。なかでもきわめつきのおろかしい質問は、めすうまモリーのものでした。モリーがスノーボールにしたまさに最初の質問は、「〈反乱〉のあとにもまだお砂糖はあるのかしら」というものでした。

「いいや、ない」とスノーボールがきっぱりと言いました。「この農場には砂糖をつくる手段はない。それに、砂糖なぞ無用だ。オート麦や干し草を好きなだけ食べられるようになるんだから」

「それじゃ、たてがみにリボンをつけたままでもいいのかしら？」

「同志よ」とスノーボールが言いました。「きみがえらく気に入っているそのリボンは、奴隷《どれい》のしるしなんだぞ。自由というものがリボンなんぞより価値があるということがきみにはわからんのかね？」

モリーは「そうね」といって引き下がりましたが、じゅうぶんに納得したという感じではありませんでした。

ぶたたちにとってもっと大変だったのが、飼い鳥の大がらす、モーゼズがまきちらすうそを打ち消すことでした。ジョーンズさんの特別のお気に入りであったモーゼズは、スパイであり、告げ口屋でしたが、はなしじょうずでもありました。「〈氷砂糖山〉[12]というふしぎな国があるのをわしは知っておるぞ」とモーゼズは言いました。「動物はみんな死ぬとそこにゆくのだ。空高く、雲のすこし上にそれがある。〈氷砂糖山〉では一週間に七日が日曜日で、一年中クローヴァーが咲き、生垣には角砂糖とアマニカスが生えている」。そんなことばかり言ってはたらかないので、動物たちはモーゼズが大きらいでしたが、なかには〈氷砂糖山〉を信じてしまうものもいました。それでぶたたちは、そんなところはないのだと、けんめいに説得しなければなりませんでした。

ぶたたちのもっとも忠実な弟子は二頭の輓馬《ばんば》、ボクサーとクローヴァーでした。この二頭は自分でものをかんがえるのは大のにがてでしたが、ひとたびぶたを自分の先生だとみとめると、かれらのはなしをすべて吸収し、それをかんたんなことばでほかの動物たちに伝えたのでした。納屋での秘密集会にはかならず出席し、その集会のおしまいにいつも歌われる「イギリスのけものたち」の音頭をとりました。

さて、起こってみてわかったことですが、〈反乱〉はみんなが思っていたよりもずっと早く、またずっとかんたんになしとげられたのです。以前であれば、ジョーンズさんは、きびしい主人ではあっても、腕の立つ農場主だったのですが、最近は落ち目になっていました。訴訟《そしょう》でお金をなくしてからがっくりときてしまい、体にさわるほどお酒を飲むようになりました。つづけて何日間もキッチンのウィンザー椅子にもたれかかって、新聞を読んだり、お酒を飲んだり、時にはパンをちぎってビールにひたしてモーゼズに食わせてやったりしていました。かれがやとっている連中はなまけもので信用できず、畑は草ぼうぼう、建物の屋根はいたみ、生垣は手入れがされず、動物たちもろくにえさを与えられていませんでした。

六月に入り、干し草用の牧草ももう刈り取るばかりになっていました。ミッドサマー・イヴ[13]は土曜日でしたが、ジョーンズさんはウィリンドンまで出かけ、レッド・ライオン亭で飲みすぎてしまい、日曜の正午まで帰ってきませんでした。雇い人たちは早朝に牛の乳しぼりをすませ、動物たちにえさをやりもしないで、うさぎ狩りに出かけてしまいました。ジョーンズさんも家に帰ると応接間のソファにつき、『ニューズ・オヴ・ザ・ワールド』[14]を顔にのせたまま、さっさとねむってしまったのです。そのため、夕方になってもまだ動物たちはえさをもらえませんでした。とうとうみんなもうがまんできなくなりました。一頭のめうしが食糧庫の戸を角《つの》で打ち破ると、動物たちはみんなえさ箱からえさを食べはじめました。ちょうどこのとき、ジョーンズさんが目をさましました。すぐさま、かれと四人のやとい人たちは、むちを手にして食料庫に入ってきて、あたりかまわずむちをふるいました。飢えた動物たちにとって、こんな仕打ちはもはや耐えられるものではありません。べつだんまえもって打ち合わせていたわけでもないのですが、いっせいに動物たちは自分たちをいじめる人間にとびかかっていきました。ジョーンズと雇い人たちは、いきなり四方八方から突かれ、けられてしまったのです。かれらにはもうどうにも手のほどこしようがないありさまとなっていました。動物たちがこんなまねをするのをこれまで見たことがなかったし、むちをふるうのも手荒くあつかうのも、これまではやりたいほうだいだったというのに、そんな動物たちがとつぜんはむかってきたものですから、人間たちはびっくりぎょうてん、ほとんどわけがわからなくなってしまいました。ほんのちょっとのあいだは立ちむかっていましたが、すぐにあきらめて逃げだしました。一分後、かれら五人は、本道に通じる馬車道をいちもくさんに逃げていきました。動物たちは勝ちほこってかれらを追いかけていきました。

ジョーンズのおくさんは、寝室の窓から外をながめ、なにが起こっているのかを見ると、あわてふためいて、わずかの所持品を旅行かばん《カーペットバッグ》[15]に放りこんで、べつの道をつかって農場から抜け出しました。モーゼズは止まり木から飛びだし、カーカーと大声で鳴きながらおくさんのあとを追ってバタバタと飛んでゆきました。一方、動物たちはジョーンズと雇い人たちを道路まで追い出し、五本の横木が入った木戸をばたんと閉めてしまいました。こうして、なにが起こっているのか本人たちがほとんどわからないうちに、〈反乱〉がなされ、成功をおさめてしまったのです。ジョーンズは追放され、荘園農場は動物たちのものとなりました。

はじめの数分は動物たちは自分たちの幸運がほとんど信じられませんでした。最初にしたのは、農場の境界をひとかたまりになって全速力で走りまわることでした。それはまるで、農場に人間が一人もひそんでいないのをちゃんとたしかめるかのようでした。それから農場の建物にかけもどって、ジョーンズが支配した憎むべき時代のなごりをあとかたもなく消し去ることにしました。厩《うまや》のはじにある馬具室が打ち破られ、馬銜《はみ》や鼻輪、いぬの鎖、またぶたや子ひつじの去勢をするのにジョーンズさんがつかっていたむごたらしいナイフがすべて井戸に投げ込まれました。手綱《たづな》、端綱《はづな》、目隠し革、それに屈辱的な飼い葉袋16も、中庭で燃えているゴミの山のなかに投げ込まれました。鞭《むち》もおなじです。動物たちはみんな、鞭がめらめらと燃えるのを見て、うれしくなってはねまわりました。スノーボールはまた、リボンも火のなかに投げ込みました。それは市《いち》の立つ日にうまのたてがみやしっぽにつけて飾りとしていたものです。

スノーボールは言いました。「リボンというものは、人間のしるしである服とみなされるべきである。動物はみなはだかでいるべきだ」

ボクサーは、これを聞くと、夏にハエが耳にたからないようにかぶっていた小さな麦わら帽子をとってきて、ほかのものといっしょにそれを火に投げ入れました。

ほんのわずかのあいだに動物たちはジョーンズさんのことを思い出させるものをぜんぶ焼きすててしまいました。それからナポレオンはみんなをつれて食糧庫にもどり、めいめいに穀類をいつもの二倍もくばりました。いぬにはビスケットを二枚ずつ与えました。それからみんなは「イギリスのけものたち」をはじめからおしまいまで七回つづけて歌い、そのあと夜の床《とこ》につき、生まれてはじめて、ぐっすりとねむることができたのです。

それでも、かれらはいつものように明け方に目をさましました。そして輝かしい出来事が起こったということをふと思い出して、みんないっしょに牧草地に走り出してゆきました。牧草地をすこし行ったところに、農場のほとんどぜんぶを見おろせる円い丘がありました。動物たちはそのてっぺんまでかけあがり、すみきった朝の光のなか、あたりをじっくりと見ました。そうだ、これはわれわれのものだ――目に入るすべてのものがわれわれのものになったんだ！　そう思うとみんな天にものぼる気持ちになり、ぐるぐるとあたりをはしゃぎまわり、すっかり興奮して空中高くとびはねました。露のなかをごろごろころげまわり、甘い夏草を何度も口にほおばり、黒土のかたまりをけりあげて、そのかぐわしいかおりをくんくんとかいだのでした。それからかれらは農場ぜんたいを見まわり、耕作地や牧草畑や果樹園、また池や木立を、ことばにならぬほど感心しながらながめたのです。それはまるで、そうしたものをこれまで見たことがなかったかのようで、それがみんな自分たちのものになったなんて、いまでもほとんど信じられなかったのです。

それからみんなは列をなして農場の建物までもどってきて、農場のおやしき《ファームハウス》の戸口の外におしだまったままで立ちどまりました。そこもかれらのものになったのですが、なかに入るのがこわかったのです。けれども、ちょっとしてからスノーボールとナポレオンが肩でドアを押しあけたので、動物たちは一列になってなかに入りました。ものをこわしたりしないようにと、細心の注意をはらっていました。部屋から部屋へと抜き足差し足でまわり、口をきくのがはばかられるのでひそひそ声になり、信じられないようなぜいたくな品の数々を、ちょっとおそれ多いといった感じで、まじまじと見ました。羽ぶとんが敷かれたベッド、姿見《すがたみ》、馬巣《ばす》織《お》りのソファ、ブラッセルじゅうたん、応接間のマントルピースの上に掛けてあるヴィクトリア女王の石版画17といったものを見たのです。ちょうどみんなが二階からおりてみると、モリーがいなくなっているではありませんか。それで上に引き返してみると、モリーはいちばんじょうとうな寝室に残っていました。ジョーンズのおくさんの化粧台から青いリボンを一本とりだして、それを肩にあてがい、まったくばかみたいに、鏡にうつる自分にうっとりとしていたのでした。ほかのものたちはモリーをきびしくしかり、外に出ました。キッチンのなかにぶらさがっていた何本かのハムはお墓に埋めるためにもちだされ、台所にあるビヤだるはボクサーがひづめでけやぶりましたが、室内のほかのものにはなにも手をつけませんでした。このおやしきは博物館として保存しようということが、ただちに全員一致で可決されました。いかなる動物もけっしてそこでくらしてはいけないということに、みんなが賛成しました。

動物たちは朝食をとり、それからスノーボールとナポレオンがふたたびみんなを呼んで集めました。

「同志諸君」とスノーボールは言いました。「いまは六時半で、まだまだ一日は長くある。今日われわれは干し草用の牧草の刈り取りにとりかかる。だがそのまえにやっておかなければならないことがある」

このときぶたたちは、この三カ月のあいだに読み書きを自習していたことを明らかにしました。教材につかったのはジョーンズさんの子どもたちがもっていた綴り字の教科書のお古《ふる》で、ごみの山のなかに捨てられてあったのだそうです。ナポレオンは黒と白のペンキをもってこさせて、みんなをひきつれて、本道に通じる五本の横木のある門のところまで行きました。それからスノーボールが（字を書くのがいちばんじょうずなのはスノーボールでしたので）前足の指と指のあいだに刷毛《はけ》をはさんで、門のいちばんうえの横木の「荘園農場《マナー・ファーム》」の文字をぬりつぶして、かわりに「動物農場《アニマル・ファーム》」という文字を書きました。この農場はこれからそのなまえで呼ばれることになるのです。それをすませてから、みんなは農場の建物にひきかえしました。もどってくると、スノーボールとナポレオンははしごをとってこさせ、大納屋《おおなや》のはじの壁にたてかけさせました。ぶたたちはこう説明しました——これまでの三カ月間の研究によって、われわれは〈動物主義〉の原理を七つの戒律《かいりつ》に要約することに成功した。いまからその七つの戒律を壁に書きつける。これは動物農場のすべての動物たちがこれからずっと守っていかなければならない不変の法なのである、と。どうにかこうにか(なにしろぶたがはしごにのってバランスをとるというのはなまやさしいことではありませんから)スノーボールははしごにのぼり、仕事にとりかかりました。スクィーラーが二、三段下にペンキつぼをもってひかえていました。その戒律はタールをぬった壁の上に大きな白い文字で書かれましたので、三十ヤードはなれたところからでも読むことができました。こんな戒律でした。

七戒《しちかい》18

一、二本足で歩くものはすべて敵である。

二、四本足で歩くもの、あるいは羽根があるものはすべて友だちである。

三、動物は服を着るべからず。
四、動物はベッドで寝るべからず。
五、動物は酒を飲むべからず。
六、動物はほかの動物を殺すべからず。
七、すべての動物は平等である。

これがとてもきれいに書かれました。FRIEND〔友だち〕のつづりがFREINDになり、Sの文字がひとつあべこべでしたけれど、それをのぞけばつづりも正確でした。スノーボールはみんなのためにこれを読んで聞かせました。動物たちはみんな大賛成してうなずき、頭がいいほうの動物たちはただちにその戒律を暗記しはじめたのです。

「さて、同志諸君よ」とスノーボールはペンキの刷毛《はけ》を放り投げてさけびました。「いざ、牧草畑に！　われらの名誉にかけても、ジョーンズの一味がやりおおせたよりも早く、刈り入れをすまそうではないか」

ところがこのとき、三頭のめうしが、さきほどからどうも具合が悪そうだったのですが、モーモーと鳴き声をたてました。まる二十四時間乳がしぼられていなくて、お乳がはちきれんばかりになっていたのです。ちょっとかんがえてから、ぶたたちはバケツをもってこさせ、それから牛の乳しぼりをしました。ぶたの足がこの仕事にうってつけだったものですから、その仕事はかなりうまくいきました。まもなく、あわだつクリームたっぷりの牛乳がバケツに五杯分もとれました。多くの動物はかなり興味深そうにそれを見ています。

「あの牛乳はどうなるのかなあ」と言うものがいます。

「ジョーンズはあたしたちのえさのなかにときどきちょっと混ぜてくれたわ」と一羽のめんどりが言います。

「同志諸君、牛乳のことは心配するな！」とナポレオンがバケツのまえに出てさけびました。「これはなんとかしておく。それより大事なのは刈り入れだ。〈同志〉スノーボールがみなの先頭に立つ。わたしもすぐにあとから行く。進め、同志諸君！ 牧草が待っているぞ」

そういうわけで、動物たちは列をなして牧草畑にむかい、刈り入れの仕事にかかりました。そうして夕方になってみんながもどってきてみると、牛乳は消えていたのです。

第三章

干し草用の牧草の刈り取りの仕事に、動物たちはなんと苦労し、汗まみれになってむかったことでしょう！　でもみんなの努力はむくわれました。なにしろ思った以上の収穫がえられ、大成功だったのですから。

仕事がたいへんなこともありました。なにしろ道具は動物のためにではなく人間用につくられているのです。そして、うしろ足で立つ必要がある道具をつかえる動物がいないのはたいへんこまったことでした。でもぶたたちはとても頭がよいものですから、どんな困難でものりこえるような工夫を思いつくことができました。うまたちはといえば、畑のなかをくまなく知っており、じっさい、草を刈ったり、それをかき集めたりすることにかけては、ジョーンズの一味よりもはるかによくわかっているのでした。ぶたはじっさいにははたらかなくて、ほかの動物の指導と監督をしました。知識が抜群にあるものですから、指導者の役割をかれらがはたすのは自然なことだったのです。ボクサーとクローヴァーは、みずから刈り取り機や馬鍬《まぐわ》を体につけ(もちろん、馬銜《はみ》だとか手綱《たづな》だとかはもういらなくなっていました)、うしろについたぶたに「ハイ、同志!」とか「ドー、同志!」などと言ってもらいながら、しっかりとした足どりで畑を歩きまわったのです。そしていちばん力がないものにいたるまで、すべての動物が牧草をひっくりかえして干したり集めたりする仕事をしました。あひるやにわとりたちでさえ、日のあたるなか、牧草の小さな束をくちばしにくわえて行ったり来たりしてはたらきました。そうしてついに、ジョーンズの一味がいつもしていたより二日も早く刈り入れを終えてしまったのです。おまけに、それはこの農場ではかつてないほどの最大の収穫でした。むだにしたものはまったくありませんでした。にわとりやあひるたちはそのするどい目によって、茎の最後の一本まで集めたのです。そして農場の動物たちのだれもが、一口だってぬすんだりしなかったのです。

その夏のあいだじゅう、農場の仕事は時計じかけのように規則正しく進みました。動物たちは、これまではかんがえることもできなかったくらい、しあわせでいっぱいでした。食べ物は、自分たちの力で、自分たちのためにつくりだしたものであって、けちくさい主人からしぶしぶとほどこしを受けるものではもうなくなったのですから、その一口一口が強烈なよろこびなのでした。寄生虫みたいな役たたずの人間がいなくなってしまったので、みんなが食べられる量がふえました。動物たちには未経験のことなのでしたが、余暇時間もふえました。かれらは多くの困難にぶつかりました。たとえば、この年のもっとあとで、麦の刈り入れのときに、農場には脱穀機《だっこくき》がなかったので、昔のやりかたで麦を足でふんで、もみがらを息でふきとばさなければなりませんでした。それでもぶたは頭をつかって、そしてボクサーはなみはずれた筋力でもって、つねに困難を切り抜けていったのです。ボクサーはみんなから大したものだと思われていました。ジョーンズの時代でもはたらきものでしたけれど、いまは一頭というより三頭ぶんに見えました。農場の仕事ぜんたいがかれの強力な両肩にかかっているように見える日がよくありました。朝から晩まで、押したり引いたりし、仕事がいちばんたいへんな場所につねにいるのでした。かれは一羽の若いおんどりととりきめをし、ほかのだれよりも三十分早く起こしてもらうようにしていました。そして正規の一日の仕事がはじまるまえに、なんであれ、いちばん必要と思える仕事をすすんでおこなったのです。あらゆる問題、あらゆる障害に対するかれの答えは、「わしはもっとはたらくぞ！」というもので、これをかれは自分のモットーにしていました。

しかしめいめいがそれぞれの能力におうじてはたらきました。たとえばにわとりとあひるは、収穫のときにこぼれていた穀粒を五ブッシェル〔約一三〇キロ〕もひろいあつめました。だれもぬすんだりせず、食糧の割り当てに文句を言うものもいませんでした。以前であれば、けんかをし、かみついて、ねたむというのが日常茶飯事だったのですが、それがなくなっていました。仕事をなまけるものもいませんでした——正確に言えば、ほとんどいませんでした。じつは、モリーは、朝早く起きるのがにがてで、ひづめに石がはさまったの、などといって仕事を早く切り上げてしまうようなところがありました。それから、ねこの態度もいささかへんでした。まもなく明らかになったことですが、なにかしなければならない仕事があるときには、ねこはぜったいみつからないのでした。何時間もゆくえをくらまし、それから食事のときや夕方仕事がすんだころに、なにげない顔をしてあらわれるのでした。でもねこはじつにみごとないいわけをして、いかにもやさしくのどをゴロゴロとならすものですから、べつにわるぎはないのだと信じるしかありませんでした。ろばのベンジャミンじいさんは〈反乱〉のあともまったく変わりないように見えました。ジョーンズの時代にしていたのとおなじように、頑固な態度でゆっくりと仕事をし、なまけることもないかわりに、よぶんな仕事を進んでひきうけるということもないのでした。〈反乱〉とその結果については、かれはなんの意見も表明しませんでした。ジョーンズがいなくなったいま、まえよりしあわせになったんじゃないかと聞かれると、いつも「ろばは長生きする。あんたらはだれも死んだろばを見たことがあるまい」と言うだけでした。それでほかのものたちは、このなぞめいた答えでよしとするしかありませんでした。

日曜日には仕事はありませんでした。朝食はいつもより一時間おそく、朝食のあとには儀式があって、それは毎週かならずおこなわれました。まず旗がかかげられました。スノーボールは馬具室でジョーンズのおくさんの使い古しの緑のテーブルクロスをみつけ、そこに白ペンキでひづめと角《つの》を描いておいたのです。これが毎週日曜の朝に、おやしき《ファームハウス》の庭にある旗竿《はたざお》にかかげられました。スノーボールの説明によれば、旗が緑色なのは、イギリスの緑の田野をあらわすためで、ひづめと角は、人類をついに打ち負かしたあかつきに成立する〈動物共和国〉を意味しているそうです。旗をかかげたあと、動物たちはみな大納屋《おおなや》まで行進し、そこで全体集会を開きました。それは〈集《つど》い〉という名で通っていました。そこでこれから一週間の仕事の計画が立てられ、決議案が提出され、議論されたのです。決議案を提出するのはいつでもぶたでした。ほかの動物たちは投票のしかたはわかっていましたけれど、自分で決議案をかんがえることはけっしてできませんでした。討論のときになんといってもいちばん活発だったのがスノーボールとナポレオンでした。けれども、この二頭はぜったいに意見が合わないのだということがわかりました。どちらかがなにか提案をすると、いつもきまってもう一方が反対するとみてよいのでした。歳《とし》をとって仕事ができなくなった動物の憩《いこ》いの家として、果樹園のうらの小牧場《パドック》をとっておこうという、それじたいはだれも反対できないようなことをきめるときでさえ、各種の動物の定年をそれぞれいつにするのかという問題ではげしい論争になりました。〈集い〉の最後にはつねに「イギリスのけものたち」が歌われ、午後はレクリエーションにつかわれました。

ぶたたちは、馬具室を自分たちの本部として押さえていました。ここで晩には、おやしき《ファームハウス》からもちだしてきた本でもって、鍛冶屋《かじや》や大工、その他の必要な技術の勉強をしたのです。スノーボールがさらにとりくんでいたのが、〈動物委員会〉と称する集まりにほかの動物たちを組織することでした。この仕事にむかうかれは疲れを知りませんでした。めんどりのためには〈鶏卵生産委員会〉、めうしのためには〈尻尾清潔連盟〉、また〈野生同志再教育委員会〉（これは野ねずみと野うさぎを馴らすことが目的です）、ひつじには〈羊毛白化運動〉、そのほかさまざまな組織をつくり、それにくわえて、読み書き教室もいくつかもうけたのです。だいたいにおいて、こうした計画は失敗してしまいました。たとえば野生動物を馴らそうという試みは、ほとんどすぐに挫折しました。野生動物の態度は以前となんら変わりなく、やさしくあつかってやったりするとつけあがるだけなのでした。ねこはこの〈再教育委員会〉にくわわって、数日間はとても活発にはたらきました。ある日、彼女が屋根の上にすわって、もうすこしで手がとどきそうなところにいる数羽のすずめにはなしかけているすがたが見られました。「動物はいまはみんな同志なのよ。だからすずめさんたちだって、そうしたければ、この足にとまったってかまわないのよ」。そうねこは言うのですが、すずめたちはやはり近づいたりはしませんでした。

それでも、読み書き教室のほうは大成功でした。秋までには農場のほとんどすべての動物がある程度まで読み書きができるようになったのです。

ぶたについていえば、すでに読み書きは完璧にできるようになっていました。いぬはかなりじょうずに読めるようになりましたが、〈七戒《しちかい》〉をのぞけば、なにかを読むことには興味を示しませんでした。やぎのミュリエルはいぬよりもちょっと読むのがじょうずで、時には夜の時間に、ごみためで見つけてきた新聞紙のきれはしをほかの動物たちに読んで聞かせていたものです。ベンジャミンはどのぶたにもおとらず読むことができましたけれど、けっしてその能力を発揮しませんでした。「わしの知るかぎり、読むに値するものなどないわ」と言うのです。クローヴァーはアルファベットをぜんぶおぼえましたが、ことばをつなぎあわせることができませんでした。ボクサーはDの文字までしか進めませんでした。大きなひづめで地面にA、B、C、Dと書いてみて、さてつぎの文字はなんだったたか、両耳をうしろにねかし、ときにはまえがみをふりたてながら、文字をにらんでけんめいに思いだそうとするのですが、どうしても出てきません。たしかにE、F、G、Hまでおぼえたこともなんどかあったのですが、それをおぼえたときには、かならずA、B、C、Dを忘れてしまっていたのです。けっきょくかれは最初の四文字でがまんしようと心にきめ、毎日一、二度は記憶を新たにするためにそれを書いてみるのでした。モリーは自分のなまえのつづりである六文字〔MOLLIE〕のほかはおぼえようとはしませんでした。彼女は小枝のきれはしをとてもきれいに組み合わせてこの六文字をつくり、それに花を一輪か二輪かざって、それにうっとりと見とれながらまわりを歩いていたものです。

そのほかの動物たちはAの文字より先には進めませんでした。また、ひつじやにわとりやあひるのような、頭がわるい動物たちは、〈七戒〉を暗記できないのだということがわかりました。いろいろかんがえたあげく、スノーボールは、〈七戒〉がけっきょくはひとつの格言、つまり「よつあしいい、ふたつあしだめ」に要約できるのだと宣言しました。かれが言うには、これは〈動物主義〉の根本原理をふくんでいるのであり、これを徹底して把握していれば、人間の影響を受けずにすむのだそうです。ことりたちは最初これに反対しました。自分たちも二本足であるように思えたからです。けれども、スノーボールはそれはちがうということを証明しました。こう言うのです。

「同志諸君、鳥の羽根というものは操作手段ではなく推進手段として使用される器官なのである。ゆえに、足と同定されるべきである。人間の顕著な特徴は**手**なのであり、その機能を自家薬籠中《じかやくろうちゅう》のものとしてやつらはあらゆる悪事をなすのだ」

ことりたちはスノーボールがつかう長たらしいことばがなにを言っているのかよくわかりませんでしたが、その説明を受け入れました。そして頭が弱いほうの動物たちはこの新しい格言をそらでおぼえる仕事にかかったのです。この**よつあしいい、ふたつあしだめ**、というのが納屋のはじの壁の、〈七戒〉の上のほうに、もっと大きな文字で書かれました。ひつじはこの格言をひとたびおぼえてしまうと、たいへん気に入って、原っぱに寝そべるときなど、みんなして「よつあしいい、ふたつあしだめー！　よつあしいい、ふたつあしだめー！」ととなえはじめ、何時間もえんえんとこれをつづけて、けっしてあきるということがありませんでした。

ナポレオンはスノーボールの委員会にまったく興味を示しませんでした。若い連中を教育するほうが、すでにおとなになった連中になにかするよりも大事なことなのだとかれは言いました。たまたま、干し草用の牧草の刈り入れがすんでまもなく、ジェシーとブルーベルとが、あわせて九ひきの元気な子いぬを産みました。子いぬたちが乳ばなれするとすぐ、ナポレオンは、この子たちの教育は自分にまかせろといって、二ひきの母いぬから引き離してしまいました。かれは子いぬたちを馬具室からはしごをつかってしかあがれない屋根裏に連れていってしまい、すっかり隔離《かくり》してしまったものですから、農場のほかのものたちはすぐに子いぬたちのことは忘れてしまったのです。

消えてしまった牛乳のゆくえについては、すぐになぞがとけました。それは毎日ぶたの食糧にまぜられていたのでした。いまや早生《わせ》のリンゴが熟してきて、果樹園の草の上には風で落ちた実がたくさんちらばっていました。動物たちは、それはとうぜん平等に分けてもらえるのだろうなと思っていました。ところが、ある日のこと、風で落ちた実はぶたが食べるので、全部集めて馬具室に運んでくるように、という命令が出ました。これにたいしてぶつぶつ言う動物もいましたが、どうしようもありませんでした。この点についてはぶたは全員が賛成していて、スノーボールとナポレオンでさえ意見が一致していたのです。ほかの動物たちにしなければならない説明をするために、スクィーラーが送られてきました。

「同志諸君！」とかれはさけびました。「まさか諸君は、われわれぶたが利己主義と特権意識によってこれをするのだと思っているのではあるまいね？　われわれの多くはじつは牛乳とリンゴがきらいなのだ。わたしだってきらいだ。われわれがこれを摂取するのは、ひとえに健康を維持するという目的ゆえにほかならない。牛乳とリンゴには（同志諸君よ、これは科学によって証明されていることである）、ぶたの健康に欠くべからざる物質が含有《がんゆう》されているのである。われわれぶたは頭脳労働者だ。この農場の管理運営のいっさいがわれわれに依存している。日夜われわれは諸君の幸福を見守っている。われわれが牛乳を飲《いん》し、リンゴを食するのは、まさしく諸君のためなのだ。われわれぶたが義務を遂行しなかったらどうなるか、諸君にはおわかりだろうか？　ジョーンズがもどってくる！　そう、ジョーンズがもどってくるのだ！　よいか、同志諸君よ」とスクィーラーは左右にはねまわり、しっぽをふりながら、ほとんどうったえるような調子でさけびました。「諸君のなかでジョーンズに帰ってきてほしいと思うものは、まさかひとりもいないだろう？」

さて、動物たちにまちがいなく確信できることがひとつあるとすれば、それはほかでもない、ジョーンズにもどってきてほしくはない、ということでした。こんなふうにはなしをもっていかれると、かれらにはもうなんにも言いようがありません。ぶたに健康でいてもらうのが大事だというのは、明らかすぎることでした。それで、これ以上つべこべ言うことはなく、はなしはきまりました。牛乳と風で落ちたリンゴは（さらに、木になっているリンゴが熟したときには、それもみな）ぶただけのものとなったのです。

第四章

夏が終わるころには、動物農場で起こったことがらのニュースは州の半分にまで広がっていました。スノーボールとナポレオンは毎日はとを何グループにも分けて各地に飛ばしました。近隣の農場の動物たちとまじわって、〈反乱〉のはなしを伝え、「イギリスのけものたち」のメロディを教えてくるように、という指令を与えたのです。

このころ、ジョーンズさんはたいていいつもウィリンドンのレッド・ライオン亭の酒場にこしかけ、ぐちを聞いてくれる相手がいればだれかれかまわず、おれはとんでもない目にあって、ろくでなしの畜生《ちくしょう》どもに財産をうばわれてしまったのだというはなしをしていました。ほかの農場主たちはいちおうは同情していましたが、はじめはあまり助けになることはしてやりませんでした。内心では、それぞれみな、ジョーンズの災難をなんとかして自分の利益に変えることができはしないかと、こっそりかんがえていたのです。さいわいにも、動物農場と隣り合う二つの農場の持ち主はまえまえからずっと仲が悪いのでした。そのひとつがフォックスウッドという名で、広々としているものの、手入れが悪く、古めかしい農場で、木々はのびほうだい、牧草地はやせてしまい、生垣もひどいありさまになっていました。その持ち主のピルキントンさんは気楽なジェントルマン・ファーマーで、たいていいつも季節に応じて釣りや狩りをしてすごしていました。もうひとつのほうはピンチフィールド農場といい、フォックスウッド農場よりは小さめで、もっとよく手入れがなされていました。持ち主はフレデリックさんという、世《せ》知辛《ちがら》くて抜け目ない男で、年中裁判沙汰《ざた》を起こしていて、取り引きをするときは情け容赦ないという評判でした。この二人はおたがいに大きらいだったので、どんなことであっても意見が合うというのはむずかしいことでした。たとえ自分たち自身の利益をまもるためでも、なかなか歩み寄れなかったのです。[19]

それにもかかわらず、二人とも、動物農場での反乱にはびっくりぎょうてんし、自分の農場の動物たちがそれについて知りすぎないようにしようとけんめいにつとめました。はじめは、動物のくせに自分たちで農場経営をするなんてばかげたことだと、おもてむきはあざ笑っていました。二週間もすればすべておわりさ、と言っていたのです。荘園農場の動物たち(かれらはあくまで「荘園農場」と呼びつづけていました。「動物農場」

なんてなまえはがまんがならなかったのです）は、おたがい同士でたえずたたかっており、それに飢え死にしかけている、とかれらは言いふらしていました。時間がたって、動物たちが飢え死にしていないのがはっきりすると、フレデリックとピルキントンは調子を変え、いま動物農場ではとんでもなくひどいことがさかんになされていると言いはじめました。動物どもはあそこで共食いをしている、真っ赤に焼けた蹄鉄《ていてつ》でおたがいを拷問にかけている、それにメスを共有している、と言いふらしました。自然の法則にそむいたりしたから、そんなざまになったのだ——そうフレデリックとピルキントンは言ったのです。

けれどもそんなはなしをうのみにするものはいませんでした。人間が追い出されて、動物たちが自主管理をしているすばらしい農場がある、といううわさが、ばくぜんとした、ゆがめられたかたちで広まりつづけていました。そしてその年のうちに、反逆の波が、その地方ぜんたいに伝わっていったのです。それまではいつもあつかいやすかったおうしがとつぜんあばれだし、ひつじは生垣をこわしてクローヴァーをむさぼり食い、めうしは乳しぼりのバケツをけっとばし、猟馬《ハンター》は垣根をとびこえるのをこばんで、乗っていた人間をむこう側に放り出しました。なによりも、「イギリスのけものたち」のメロディが、そしてその歌詞までもが、あまねく知られていたのです。それはおどろくほどの速さで広まっていました。人間たちは、くだらない歌にすぎない、というふうをよそおってはいたのですけれど、この歌を聞くと腹がたってしかたがありませんでした。いくら動物だからといって、こんなたわごとを歌うまねがどうしてできるのか、とかれらは言いました。動物はみな、これを歌っているところを見つかると、その場で鞭《むち》打たれました。それでもこの歌をおさえつけることはできません。黒うたどりは生垣でそれをピーピーとさえずり、はとは楡《にれ》の木立でクークーと歌い、鍛冶屋《かじや》が金づちをふるうカンカンという音や、教会の鐘の音にそれが入り込みました。そして人間たちがこの歌を耳にすると、自分たちの未来の運命がそこに予言されているように聞こえ、ひそかにふるえあがったのです。

十月のはじめ、穀物を刈り取り、積み重ね、一部は脱穀《だっこく》もしていたとき、はとの群れが空からまいおりてきて、動物農場の中庭にとまりました。あわてふためいています。たいへんだ、たいへんだ、ジョーンズの一味がそろってやって来るよ。フォックスウッドとピンチフィールドから来たのも六人いる。五本の横木の門をくぐって、農場につながる馬車道をこちらにむかってくるよ。みんなこん棒をもっているけれど、先頭のジョーンズは銃をもっているよ、と言うのです。明らかにこれは農場をとりかえそうという魂胆《こんたん》です。

これはかねてから予想できていたことで、準備万端《じゅんびばんたん》、抜かりはありませんでした。スノーボールは、おやしき《ファームハウス》で見つけた古本のユリウス・カエサル戦記[20]を勉強していて、防衛作戦をまかされていました。かれはただちに命令をくだし、二分ですべての動物がそれぞれの持ち場につきました。

人間たちが農場の建物に近づくと、スノーボールは最初の攻撃にかかりました。三十五羽にのぼるすべてのはとが、人間たちの頭上に飛んで、中空からかれらめがけて糞《ふん》を落としたのです。人間たちがその始末をしているあいだに、生垣の裏にかくれていたがちょうの群がいっせいにおそいかかり、人間のふくらはぎをくちばしで思いきりつつきました。けれどもこれはちょっとした攪乱《かくらん》をねらった小競り合い《こぜあ》作戦にすぎず、人間たちはこん棒をつかってらくらくとがちょうを追い払ってしまいました。ここでスノーボールは第二次攻撃にかかりました。ミュリエルとベンジャミンとひつじのみんなが、スノーボールにひきいられて、まえにつきすすみ、人間たちを四方八方から突いたりこづいたりしました。一方、ベンジャミンはまわれ右をして、小さなひづめでもってかれらをけとばしました。しかしまたもや人間たちは、こん棒をふるい、鋲《びょう》を打った長靴でけりあげるので、動物たちはかないません。するとこつぜん、スノーボールがキーッと金切り声をあげました。これは退却せよという合図で、これを聞いて動物たちはいっせいに背をむけて逃げだし、門を抜けて中庭に入ったのです。

人間たちは勝《か》ち鬨《どき》をあげました。思ったとおり敵が逃げだしたと見て、列を乱してそのあとを追いかけてゆきます。これはまさにスノーボールの思うつぼでした。人間たちが中庭に入るやいなや、牛小屋で待ちぶせていたうま三頭とめうし三頭、また残りのぶたたちが、とつぜんうしろからあらわれ、道をふさぎました。ここでスノーボールは攻撃の合図を出しました。かれ自身はジョーンズにむけてつきすすみました。ジョーンズはかれがむかってくるのを見て、ねらいをさだめて銃を放ちました。散弾がスノーボールの背中に何本もの血のすじをつけ、一ぴきのひつじがこれに当たって死にました。スノーボールは、一瞬たりとも立ちどまらず、十五ストーン〔約九十五キロ〕の重さでジョーンズの両足めがけて体当たりしました。ジョーンズは肥だめのなかに投げこまれ、銃が手からはなれてしまいました。しかしなによりもすさまじい光景はボクサーで、種うまのようにうしろ足で立ちあがって、蹄鉄《ていてつ》をつけた大きなひづめで打ちかかります。まさにその最初の一撃がフォックスウッドから来た馬丁《ばてい》の少年の脳天に命中し、この少年は意識をうしない、ぬかるみのなかにのびてしまいました。これを見て男たち数人はこん棒を投げすてて、逃げようとしました。かれらはあわてふためいてしまい、つぎの瞬間にはすべての動物がいっしょになって、中庭をぐるぐる追いまわしました。人間は角《つの》で突かれ、けられ、かみつかれ、ふみつけられました。動物たちはめいめい、自分なりのやりかたで恨みをはらしたのです。ねこまでもが、とつぜん屋根の上から牛飼いの肩にとびのり、首につめをつきたてたので、やられた男は「ギャーッ」とものすごい悲鳴をあげました。逃げ道ができたとたんに、人間たちはこれさいわいとばかりに中庭からとびだし、本道にむけて一目散《いちもくさん》に逃げました。こうして、入りこんできてから五分もたたずに、人間たちはもと来た道をほうほうの体《てい》で退却していったのです。そのあいだずっと、がちょうの群がかれらを追いかけ、ふくらはぎをつつきまわしていました。

人間たちは一人をのぞいてみんな行ってしまいました。中庭にもどると、ボクサーが、ぬかるみのなかにうつぶせで倒れている馬丁をひづめであおむけにしようとしていました。その少年はぴくりともしません。

「死んでしまった」とボクサーは悲しそうに言いました。「そんなつもりはなかったのに。蹄鉄《ていてつ》をつけているのを忘れてしまった。わざとやったんじゃないんだが、だれも信じちゃくれんだろうな」

「感傷はやめだ、同志よ！」とスノーボールがさけびました。その傷口からはまだ血がしたたりおちています。「戦争は戦争だ。よい人間というのは死んだ人間だけだ[21]」

「わしは、たとえ人間のいのちであっても、うばいたくないのだ」とボクサーはくりかえしました。その目にはなみだがあふれていました。

「モリーはどこだ？」とだれかがさけびました。

たしかにモリーがいません。ちょっとのあいだみんな、たいへんだ、どうしようと思いました。人間が彼女になにか危害をくわえたか、あるいはさらっていってしまったのではないかと心配したのです。でも、けっきょく、モリーは自分の厩《うまや》のなかで、飼葉桶《かいばおけ》の干し草に顔をうずめてかくれているのがわかりました。銃声が聞こえたとたんに逃げだしてしまっていたのです。そして、みんながモリーを探しおえてもどってきてみると、馬丁の少年はすでにわれにかえって逃げ去っていました。じつは気絶していただけだったのです。

動物たちはいまや興奮さめやらぬといった状態でふたたび集合し、それぞれあらんかぎりの声をはりあげて、たたかいでの自分の手柄《てがら》ばなしをしました。即席の戦勝祝賀会がただちに開かれました。旗が掲揚《けいよう》され、「イギリスのけものたち」が何度か歌われ、それから戦死したひつじのためのおとむらいがしめやかにとりおこなわれ、お墓にはサンザシが植えられました。そのお墓のかたわらでスノーボールは短い演説をおこない、すべての動物はいざというときには動物農場のために死ぬ覚悟ができていなければならない、と力をこめて述べました。

動物たちは「動物英雄勲一等」というのをもうけることを全員一致できめ、それはすぐにその場でスノーボールとボクサーに授与されました。それは真鍮《しんちゅう》のメダルでできていて(じつは馬具室で見つけたうま用の古い真鍮飾りでした)、日曜と祝日に身につけることになりました。「動物英雄勲二等」というのもあって、これは死んだひつじに死後の授与がなされました。

その戦闘のなまえをどうするかで大いに議論がかわされました。けっきょく〈牛小屋のたたかい〉と名づけられました。待ちぶせ攻撃をはじめたのがその場所だったからです。ジョーンズさんの銃がぬかるみにころがっているのが見つかり、おやしき《ファームハウス》に弾薬の備えがあるのがわかりました。その銃を、大砲のように旗竿《はたざお》の根もとにくくりつけて、一年に二度、〈牛小屋のたたかい〉の記念日である十月十二日と、〈反乱〉の記念日にあたるミッドサマー・デイ〔六月二十四日〕に発砲することがきめられました。

第五章

冬が近づくにつれて、モリーはますますやっかいものになってきました。仕事には毎朝遅刻し、寝坊しちゃったの、といいわけをします。また、なんだかわけのわからない痛みをうったえるのですが、食事のときはもりもり食べるのでした。なにかと口実をつくっては仕事をさぼり、水飲み用の池に行って、水にうつる自分のすがたをじっと見つめながら、ばかみたいにつっ立っているのでした。けれども、もっとこまったうわさも立っていました。ある日、モリーが、長い尾っぽをふり、干し草の茎をかみながら、うれしそうに中庭にぶらぶらと入ってきたとき、クローヴァーはわきへつれだしていってこう言いました。

「ねえモリー、とても大事なはなしがあるの。今朝のことだけど、動物農場とフォックスウッドの境目《さかいめ》の生垣で、あんたがむこうをのぞいているのを見たの。ピルキントンさんのところの男がひとり生垣のむこうがわに立っていたわ。それでね、あたしは離れてたけどはっきり見えたと思うんだけれどね、そいつはあんたにはなしかけていて、あんたは鼻づらをなでてもらっていたね。あれはどういうことなの、モリー？」

「そんなことされてないわ！　うそよ！」とモリーがさけび、はねまわって、地面をけりだしました。

「モリー！　じゃあ、あたしの顔をちゃんと見てごらん。そいつがあんたの鼻をなでなかったと、誓って言えるかい？」

「そんなのうそよ！」とモリーはくりかえしますが、クローヴァーの顔をまともに見ることができません。そして、ぱっとかけだして、一目散《いちもくさん》に草地に逃げてしまったのです。

　クローヴァーにははたと思いあたることがありました。みんなにはなにも言わずにモリーの厩《うまや》に行き、ひづめでわらをひっくりかえしてみました。わらの下には角砂糖の小さなかたまりと、色とりどりのリボンが何束かかくれていました。

　三日後、モリーは消えてしまいました。何週間か、ゆくえがまったくわからず、それから、はとが彼女をウィリンドンのむこう側で見かけたことを伝えました。赤と黒に塗ったしゃれた二輪馬車《ドッグカート》[22]がパブの外にとまっていて、その轅《ながえ》のあいだに立っていたのです。

パブの主人と思われる、格子縞《こうしじま》のズボンとゲートルをはいた太った赤ら顔の男が、モリーの鼻をなで、砂糖を食べさせていました。体の毛を刈ったばかりで、前髪に真っ赤なリボンをつけていました。うれしそうにしていたよ、そうはとたちは言いました。動物たちは、モリーのことを二度と口にしなくなりました。

一月に天候はひどくつらいものになりました。地面が凍って鉄みたいにカチンカチンになり、畑仕事はなにもできませんでした。大納屋《おおなや》で集会がたくさんひらかれ、ぶたたちは、春になったらとりかかる仕事について、計画をたてることに熱中していました。ほかの動物にくらべて明らかに頭がよいという理由で、ぶたが農場の政策のすべての問題をきめるということが認められるようになりました。ただし、かれらの決定は、過半数の投票によって承認されなければいけません。このとりきめは、スノーボールとナポレオンが言いあらそいをしなければ、かなりうまくいっていたことでしょう。この二頭は、意見がぶつかりそうなところではかならず意見が合いませんでした。一方が大麦の作付け面積をふやそうと提案すると、もう一方はオート麦の作付け面積をふやすべきだと言い、片方がどこそこの畑はキャベツにうってつけであると言うと、他方はあそこは根菜類《こんさいるい》にしか役に立たないと言いはるのでした。それぞれに支持者がいて、はげしい論争がかわされました。〈集《つど》い〉ではスノーボールが見事なはなしぶりで大多数を勝ち得るのがしばしばでしたが、ナポレオンは会議の合間に根回しをして支持をとりつけるのが上手でした。ひつじにはとくにうまくやりました。最近ではひつじたちは「よつあしいい、ふたつあしだめー」と時をかまわずにとなえるくせがついてしまっていて、これで会議をさまたげてしまうことがよくありました。とりわけ、スノーボールの発言でかんじんなところにくると、「よつあしいい、ふたつあしだめー」と鳴きはじめるきらいがあることがわかりました。スノーボールはおやしき《ファームハウス》で見つけた『農場主と畜産業者』[23]という雑誌のバックナンバーを細かく研究していて、新しい工夫や改良の計画をたっぷりもっていました。畑の排水、サイレージ、塩基性スラグ、[24]といったことがらについてまるで専門家のように語り、運搬の手間をはぶくために、すべての動物たちが自分の糞《ふん》を毎日ちがった場所に畑に直接落とすための複雑な方法を編み出していました。ナポレオンは自分の計画は出しませんでしたが、スノーボールの計画はなにも実らないだろうと静かに言って、自分の時を待っているように見えました。しかし、すべての論争のうちで、風車をめぐってなされたものほどはげしいものはほかにありませんでした。

おやしき《ファームハウス》からそう離れていない長くのびた牧草地のなかに、丸い小さな丘があって、そこが農場でいちばん高い場所でした。スノーボールは、土地の測量を終えると、風車を建設するのにここが絶好の場所なのだと言いました。かれによれば、その風車があれば発電機を動かして農場に電力をもたらすことができるのだそうです。そうすればねぐらには明かりがつき、冬には暖《だん》がとれる。丸のこ、まぐさ切り、トウチシャ切りを動かせるし、電気乳搾り機も動かせる。動物たちにはそのような機械のことはこれまで聞いたことがなくて(というのはこの農場は旧式のもので、機械もきわめて原始的なものしかありませんでしたので)、機械が動物たちに代わって仕事をしてくれて、そのあいだに自分たちは牧場でのんびりと草を食《は》み、本を読んだり会話をかわしたりして知性をみがいていられる、そんなさまざまな奇抜な機械をスノーボールがことばたくみに描き出してみせるものですから、みんなびっくりしてそれを聞いていたのです。

二、三週間のうちにスノーボールの風車の計画が練りあがりました。機械の細かい部分はほとんどがジョーンズさんの旧蔵書の三冊から採られました。『家にかんする千の役に立つことがら』、『だれでもできる煉瓦《れんが》積み』、それに『電気学入門』です。以前は人工孵化器《ふかき》を置くのにつかわれていた小屋があって、床《ゆか》がすべすべの板張りで製図にむいているので、スノーボールはこれを自分の仕事部屋にして、そこに何時間もこもりました。石を重しにして本を開いておき、チョークを足の指にはさんでもち、すばやくあちこち動き回り、あちらに一本、こちらに一本と線を引き、興奮して鼻をフガフガと鳴らしているのでした。だんだんとその設計図は、クランクや歯車を組み合わせた複雑なものとなり、それが床の半分以上も占めることになりました。それはほかの動物たちにはまったくわけのわからないしろものでしたが、とても印象的なものではありました。みんなスノーボールの図を少なくとも一日に一度は見学に来ました。にわとりやあひるまでもがやってきて、チョークで描いたところをふんづけないように気をつけて見ていました。ナポレオンだけが近づきませんでした。最初から風車には反対だとはっきり言っていたのです。ところが、ある日、とつぜんかれは設計図を調べにやってきました。小屋のなかをのっそりと歩きまわり、設計図を細かいところまでじっくりと見て、一、二度くんくんとにおいをかぎ、しばらくのあいだ横目でそれをじっとながめていました。それから急に片足をあげ、設計図におしっこをひっかけて、なにも言わずに出て行ったのです。

農場ぜんたいがこの風車の問題でまっぷたつに割れてしまいました。それを建てるのがむずかしい事業であることをスノーボールは否定しませんでした。石を切り出してきてそれを積んで壁をつくらねばなりませんし、それから風車の羽根もつくらねばなりません。そのあとで発電機と電線がいります(こうしたものをどうやって手に入れるのか、スノーボールは言いませんでした)。しかしそれは一年で竣工《しゅんこう》するとかれは主張しました。それができたら、仕事が大いに節約できるので、動物たちは一週間に三日はたらけばよいということになる、そうかれははっきり言いました。それにたいしてナポレオンは、目下の急務は食糧増産であり、風車に時間を空費していたら全員飢え死にしてしまうだろうと言いはりました。動物たちは、「スノーボールは週三日」と「まぐさで満腹《まんぷく》ナポレオン」というふたつのスローガンのもとで二派をかたちづくりました。ベンジャミンだけがどちらにも属しませんでした。かれは、食糧がたっぷりになるということも、風車が仕事を節約するということも信じようとしませんでした。風車があろうがなかろうが、くらしはこれまでどおりだろう。つまりひどいもんだろう。そうかれは言うのです。

風車をめぐる論争とはべつに、農場の防衛の問題がありました。〈牛小屋のたたかい〉では人間を打ち破ったものの、人間たちは農場をとりかえしてジョーンズさんを復帰させようとまたやって来るだろう、しかもそれをもっと強引にしかけてくるだろう、ということがじゅうぶんにかんがえられました。人間が負けたというニュースがこの地方ぜんたいに広がって、まわりの農場の動物たちがこれまで以上に反抗的になっていたものですから、人間たちにはなおさらそうする理由があるのでした。いつものようにスノーボールとナポレオンは意見が分かれました。ナポレオンは、動物たちがすべきことは、銃器類を調達してそれをつかう訓練をすることだと言い、スノーボールは、外に送るはとの数をふやして、ほかの農場の動物たちをかきたてて反乱が起きるようにしむけなければならないと言うのです。あちらが、防衛できねば征服されるにきまっていると言うと、こちらは、反乱がよそでも起きれば、防衛の必要がなくなると主張するのでした。動物たちは、はじめはナポレオンに耳をかたむけ、つぎにスノーボールに耳をかたむけ、どちらが正しいのかきめることができませんでした。じつのところ、そのときにはなしをしているほうに賛成してしまうのがつねなのでした。

ついにある日、スノーボールの設計図が完成しました。そのつぎの日曜の〈集《つど》い〉で、風車の建設にとりかかるかどうかという問題で決を採ることになっていました。動物たちが大納屋《おおなや》に集まると、スノーボールは立ち上がって、ときどきひつじたちの鳴き声にじゃまをされはしましたが、風車の建設を推進する理由を述べました。それからナポレオンが立ち上がってこたえました。かれはとても静かに、風車は意味がない、みんなこれに賛成しないほうがよいだろう、とだけ言って、また着席しました。しゃべった時間はわずか三十秒たらずで、自分の発言に効き目があろうとなかろうと、どうでもいいといった調子でした。これにたいしてスノーボールはぱっと立ちあがり、またメエメエと鳴きはじめたひつじたちをどなりつけてだまらせて、風車に賛成するように熱心にうったえかけました。そのときまでは動物たちはどちらに賛成するか、おおよそ同数に賛否が分かれていましたが、たちまちのうちにスノーボールの雄弁はかれらの心をさらってしまいました。燃えるようなことばで、かれは、動物たちの背中からさもしい労働がとりのぞかれたときの、動物農場のあるべきすがたを生き生きと描いてみせたのです。かれの想像は、いまや、まぐさ切りやカブ刻み器の域を越えていました。電気があれば脱《だっ》穀機《こくき》や鋤《すき》やハローやローラーや刈り取り機や結束機《けっそくき》を動かすことができるし、また、すべての畜舎に専用の電灯と、温水器と冷水器、それに暖房が備わるだろうと言います。かれが演説を終えるころには、票決がどう出るか、もう疑いようがなくなっていました。ところが、ちょうどこのときに、ナポレオンが立ち上がり、奇妙な横目でスノーボールを見て、かんだかく、キーッと一声あげました。それはこれまでだれも聞いたことがないような鳴き声でした。

この声を合図に、戸外でおそろしい吠え声があがり、真鍮の飾り鋲《びょう》がついた首輪をしたいぬのばかでかいのが九ひき、納屋に飛び込んできました。いぬたちはスノーボールにむかってまっしぐらにつきすすんできました。そのいぬにがぶりとかみつかれてしまいそうなところを、スノーボールはかろうじてその場所から飛びのいてのがれました。たちまちかれは戸口から出て、いぬたちはそのあとを追いかけます。動物たちはみな、びっくりして、またこわくて、口もきけず、出口に押し寄せて外に出て、追いつ追われつのようすを見ました。スノーボールは道路につながる長くのびた牧草地を横切って突っ走っています。ぶたの力のおよぶかぎりに走っていましたが、いぬたちがすぐうしろにせまっていました。とつぜんかれはつるりとすべってしまい、ああ、これはいぬにつかまる、と思えました。するとスノーボールはまた立ち上がり、まえよりももっと速く走ります。いぬたちがまたかれにせまっていきました。一ぴきがしっぽにもうすこしでかみつきそうになりましたが、スノーボールは間一髪《かんいっぱつ》でそれをふりはらいました。それからかれは最後の力をふりしぼってぴょーんと跳び、あとわずか数インチでつかまりそうだったところ、生垣の穴にすべりこみ、それっきり見えなくなってしまいました。

おしだまり、こわくてぶるぶるふるえながら、動物たちは納屋にこそこそもどりました。すぐにいぬたちが跳んでもどってきました。はじめは、このいぬたちがどこからやってきたのか、みんな見当がつかなかったのですが、すぐになぞがとけました。子いぬのときにナポレオンが母いぬから引き離してこっそりと育てていたいぬだったのです。まだおとなになりきっていませんが、ずいぶんと大きないぬで、おおかみのようなどうもうな面構《つらがま》えをしています。このいぬたちはナポレオンにしっぽをふるのですが、見ると、それはほかのいぬがジョーンズさんにしていたのとおなじようなしぐさでした。

さて、ナポレオンは、いぬたちをしたがえて、床《ゆか》の一段高いところにのぼりました。以前にメージャーが演説をおこなった場所です。これからは日曜朝の〈集《つど》い〉はもうやらない、とナポレオンは宣言しました。それは不要で、時間の無駄だからと言うのです。今後は、農場の運営に関わる諸事万端《しょじばんたん》は、特別委員会でとりきめる。委員長は自分がつとめる。それは非公開の会議とし、ほかのものにはその決定を事後に伝える。動物たちは今後も日曜の朝に集まって旗に挨拶《あいさつ》し、「イギリスのけものたち」を歌い、その週の指令を受ける。だが、討論はもうおこなわない。

スノーボールが追い出されてしまったショックがあったにもかかわらず、動物たちはこの発表におどろきました。ちゃんと筋道《すじみち》を立てて話ができたら文句を言うのになあ、と思う動物も何びきかいました。ボクサーでさえ、少しこまったようすでした。耳をうしろに寝かせ、何度か前髪をふり、自分のかんがえをまとめようとつとめました。しかし、結局、なにも言うことが思いつきませんでした。けれども、ぶたたち自身のなかには、もっとはっきりと意見を表明できるものがいました。前列にいた四頭が、ブーブーと不賛成のさけび声を上げ、立ち上がっていっせいにしゃべりはじめました。けれども、そのとたんに、ナポレオンのまわりにすわっていたいぬたちがウーッと、低い、おどかすようなうなり声を発したので、そのぶたたちはしゃべるのをやめて、またすわってしまいました。それからひつじたちがすさまじい鳴き声で「よつあしいい、ふたつあしだめー！」ととなえはじめて、それが十五分近くもつづいて、議論をする機会はもうなくなってしまいました。

あとになってスクィーラーが送りこまれて、農場をまわって、新しいとりきめをほかのものたちに説明しました。

かれはこう言います。「同志諸君よ、わたしの信じるところ、ここにいるすべての動物は、〈同志〉ナポレオンがこのさらなる労働をわが身に引き受けられた、その犠牲心に感謝していることであろう。同志諸君よ、指導者の地位が楽しいものだなどと、ゆめゆめ思うなかれ！　それどころか、それはきわめて重い責務なのだ。すべての動物は平等であるということを〈同志〉ナポレオンほど確信しているものはいない。諸君が自身で物事をきめられれば、あのお方にはそんなうれしいことはないだろう。だが同志諸君よ、時として君たちは判断を誤るおそれがある。誤ったらどうなるか。風車建設などというたわごとをとなえたスノーボールに従うという決定をしていたらどうなったであろうか。いまやわれわれにとって明らかであるように、犯罪人も同然であるあのスノーボールのいいなりになっていたらどうなったか」

「〈牛小屋のたたかい〉ではかれは勇敢にたたかったよ」とだれかが言いました。

スクィーラーが言いました。「勇敢だけでは足りない。忠誠と服従のほうが重要なのだ。そして〈牛小屋のたたかい〉について言えば、わたしの信じるところ、スノーボールの功績が大げさに言われすぎていたことがいずれわかるであろう。同志諸君、規律だ、鉄の規律だ！　それこそが今日《こんにち》の合言葉だ。一歩でも道を誤ったら、敵がわれわれを襲ってくる。同志諸君よ、たしかに、諸君はジョーンズがもどることを望んではおるまい」

またもや、この議論は反論のしようのないものでした。たしかに、動物たちは、ジョーンズにもどってきてほしくなどありません。日曜の朝に討論をおこなうと、ジョーンズがもどってくるおそれがあるというのであれば、討論はやめなければなりません。ボクサーは、さきほどからいろいろかんがえをめぐらせる時間があったものですから、こういってみんなの気持ちを声にしたのです。「もし〈同志〉ナポレオンがそう言うならば、それで正しいにちがいない」と。そしてこれ以後はかれは「わしはもっとはたらこう」という自分のモットーにくわえて、「ナポレオンはいつでも正しい」という格言を採り入れたのです。

このころには寒さがやわらぎ、春の耕作がはじまっていました。スノーボールが風車の設計図を描いたあの小屋は閉鎖され、床《ゆか》の設計図はこすって消されてしまったものと思われていました。日曜の朝はいつも、十時に動物たちは大納屋《おおなや》に集合し、その週の命令を受けました。肉がすっかりとれたメージャーじいさんの頭蓋骨《ずがいこつ》が果樹園から掘り出されて、旗竿《はたざお》の根もとの切り株に銃とならべてそなえつけられました。旗の掲揚《けいよう》がすむと、動物たちは納屋に入るまえに一列にならんでその頭蓋骨のまえをうやうやしく行進するようにもとめられました。このころともなると、昔のようにみながいっしょに席に

着くということはしませんでした。ナポレオンは、スクィーラーと、それからミニマス 25
というなまえの、作詞作曲のすばらしい才能をもったもう一ぴきのぶたとともに、一段高い演壇の最前列にすわり、そのまわりを若い九ひきのいぬがアーチ型にかこみ、ほかのぶたたちがそのうしろにすわりました。ほかの動物は納屋の母屋《おもや》にぶたとむかいあうかたちですわったのです。ナポレオンはぶっきらぼうに軍人のような口調でその週の命令を読み上げ、それから「イギリスのけものたち」を一回だけ歌ったあと、解散しました。

　スノーボールが追放されてから三度目の日曜日に、けっきょく風車を建設することにする、とナポレオンが発表したので、動物たちはいささかおどろきました。かんがえを変えた理由をナポレオンはなにも言わず、ただたんに、新たに追加されたこの事業はたいへんな重労働をともなう、さらには食糧配給の量を減らす必要さえ生じうる、と警告しただけでした。けれども、その計画は最後の細かい部分まで準備が整っていました。ぶたの特別委員会がこの三週間その作業にあたっていたのです。風車の建設は、ほかのさまざまな改良事業とともに、二年を要すると予想されました。

　その晩、スクィーラーがほかの動物たちに内々に説明をしに来ました——ナポレオンはじつは風車の建設に反対したことは一度もなかった。それどころか、そもそも最初にそれを提唱したのはナポレオンだったのであり、スノーボールが人工孵化《ふか》の小屋の床《ゆか》に描いた設計図は、じつはナポレオンの書類からぬすんだものだった。じっさい、風車はナポレオン自身の発案だったのだ、そうスクィーラーは言うのです。それならどうしてあんなに大反対したのかなあ、とだれかが聞きました。ここでスクィーラーはとてもずるがしこい顔になりました。それこそが〈同志〉ナポレオンの巧妙なところなのだ、とかれは言います。あのお方は風車に反対するかのように偽装《ぎそう》したのである、それはひとえに、スノーボールを放逐《ほうちく》するための策略であった。スノーボールは危険分子で、悪影響をおよぼす輩《やから》だからである。スノーボールが消えたいまは、やつの干渉《かんしょう》を受けずにその計画を推進することができる。これは権謀術策と呼ばれるものなのである。スクィーラーは「権謀術策だよ、同志諸君、権謀術策だ！」とはねまわり、しっぽをふりながら、愉快《ゆかい》そうに笑って、何度もくりかえしました。ケンボウジュッサク、ということばがどういう意味なのか動物たちにははっきりわかりませんでしたが、スクィーラーがとてもことばたくみに語り、たまたまかれについてきた三びきのいぬがウーッとうなり声をあげてこわかったものですから、それ以上質問をすることはなく、動物たちはかれの説明を受け入れてしまったのです。

第六章

その一年間、動物たちは奴隷《どれい》のようにはたらきました。それでもみんなしあわせな気持ちで仕事をしていました。どのような努力も犠牲も骨惜しみしたりしませんでした。自分たちのおこなうすべてのことが、自分たち自身のためになり、のちに生まれる動物たちのためになるということ、なまけてぬすむだけの人間どものためではないということがよくわかっていたからです。

春と夏をとおして週に六十時間はたらきました。そして八月にナポレオンは、日曜日の午後にも仕事があると発表しました。この仕事は厳密にいえば自発的なものであるが、これを休む動物は食糧の配給を半分に減らす、とのことです。これほどまでしても、ぜんぶはかたづかず、やむなく中途半端《ちゅうとはんぱ》なままでおわってしまった仕事もありました。収穫は前年よりも少しだけ減ってしまい、夏のはじめに根菜類《こんさいるい》をまくはずだった二枚の畑は、期日までに耕し終えることができなかったために、種まきができませんでした。これからやってくる冬がつらいものになりそうだと予想できました。

風車をつくるのは思いのほかむずかしいことでした。農場には石灰岩の良質の石切り場があり、離れ家のひとつに砂とセメントがたっぷりあるのが見つかり、それで建築材料はそろいました。けれども最初にぶつかった難問が、どのようにして石をほどよい大きさに割るかということでした。石を割るためには鶴嘴《つるはし》と鉄梃《かなてこ》をつかうほかすべがないと思われましたが、うしろ足で立てる動物はいないので、だれにもそうした道具はつかえません。何週間もむだな努力をしてから、ようやく名案がうかんだものがいました。重力を利用しよう、というのです。そのままでは大きすぎてつかいものにならないような巨大な丸石が、石切り場の床《ゆか》にたくさん転がっていました。動物たちはこれにロープをまきつけ、うしも、うまも、ひつじも、ロープをあつかえる動物はだれであれ、みんなで力をあわせて——ぶたたちでさえもが、いざというときにはくわわり——必死になって、ゆっくりと、斜面をひきずってそれを石切り場のてっぺんまで上げ、崖っぷちからそれを転がして落とし、下で細かく砕けるようにしたのです。いったん細かく割れれば、あとは石を運ぶのはわりと簡単でした。荷車に入れたのをうまが運んでゆき、ひつじがひとかたまりずつ引きずり、ミュリエルとベンジャミンまでが古い軽二輪馬車《ガヴァネス・カート》26を引いてかれらなりに手伝いました。夏の終わりごろともなると、じゅうぶんな量の石がたくわえられ、それからぶたの監督のもとで、建設工事がはじまりました。

しかし、これは時間がかかり、骨の折れる作業でした。わずかひとつの丸石を石切り場のてっぺんまでひっぱりあげるのに、ぐったりするほど苦労してまる一日かかる、というのもしばしばで、せっかく崖っぷちからつき落としてもうまく割れなかったこともときどきありました。ボクサーがいなかったら、なにもなしとげることができなかったことでしょう。なにしろボクサーの力ときたら、ほかの動物たちみんなの力をあわせたのとおなじものに見えたのですから。丸石がすべりだして、動物たちが坂をずるずるとひきずり落とされるのを見て、もうだめだ、とさけび声をあげたときなど、いつでもボクサーがふんばってロープをピンとひっぱり、丸石がずり落ちるのを止めたのです。息を荒くし、ひづめの先を地面につきたて、大きなわきばらを汗でぐしょぐしょにして、少しずつ坂をのぼってゆくすがたを見て、なんてすごいんだろうと、みんな称賛の念でいっぱいになりました。クローヴァーはときどきかれにむりをしすぎないように注意したのですが、ボクサーは聞こうとしません。二つのスローガン「わしはもっとはたらこう」と「ナポレオンはいつでも正しい」があれば、どんな問題もなんとかなる、そうかれには思えたのです。かれはおんどりにたのんで、毎朝三十分でなく四十五分早く起こしてもらうようにしていました。そしてこのごろはもう空き時間というのがあまりなくなっていたのですが、それが少しでもあれば、ひとりで石切り場に行き、割れた石をひとつの荷物にまとめて、だれにも助けを借りずに、風車を建てる場所までそれを引いていったのです。

仕事はたいへんでしたが、それでも動物たちはその夏のあいだはくらしむきは悪くはありませんでした。食糧がジョーンズの時代よりも多くはなくなっていたとしても、少なくともそれより減ってはいませんでした。自分たちだけを養えばよくて、むやみやたらと食ってばかりいる五人の人間をもう養う必要がないというのは、大きな強みでしたから、よほど失敗を重ねないかぎりは、こまることはないでしょう。そして動物たちの仕事のしかたは、多くの点でずっと能率的で労力が省けるものでした。たとえば草とりのような仕事は、人間にはできないような徹底したやりかたでおこなわれました。それに、いまはぬすみをはたらく動物はいませんので、牧草地と畑の境に垣根をつくる必要はなく、そのため、生垣や門扉《もんぴ》を手入れするためのたいへんな労力がいらなくなりました。それにもかかわらず、夏がすぎてゆくと、さまざまな思いがけない不足が出てきました。パラフィン油、くぎ、ひも、犬用ビスケット、それに蹄鉄《ていてつ》用の鉄がいりましたが、こうしたものはいずれも農場ではつくれません。もっとあとになって、種や人工肥料も必要となり、さまざまな道具もいるし、ついには、風車用の機械も必要ということになりました。どうやってこうしたものを手に入れるか、だれにも見当がつきませんでした。

ある日曜日の朝、動物たちが指令を受けるために集合したとき、ナポレオンは新しい政策を決定したと発表しました。今後、動物農場は近隣の農場との貿易に従事する。もちろんそれは営利目的ではなく、ひとえに、緊急に必要とするいくつかの物資を得るためである。風車の必要は他のすべてをおいて最優先しなければならぬ。それゆえに自分は干し草の一山と今年の小麦の収穫の一部を売却する交渉をしているところであり、今後さらに金が必要となれば、鶏卵《けいらん》の売却によって補塡《ほてん》しなければなるまい。鶏卵の市場であればウィリンドンにいつでもある。めんどりは、風車建設にむけての特別な貢献としてこの犠牲を歓迎すべきである。そうナポレオンは言いました。

またもや動物たちはばくぜんとした不安をおぼえました。人間とはいかなる取り引きもしない、商売にけっしてかかわってはならない、けっして金をつかってはならない――これらはジョーンズを追い出したあとの一度目の勝利の〈集《つど》い〉で可決された、最初の決議事項ではなかったのか？　動物たちはみな、そうしたことをとりきめたことをおぼえていました。というか、少なくとも、おぼえている気がしました。ナポレオンが〈集《つど》い〉を廃止したときに抗議をした四ひきの若いぶたがおずおずと声をあげましたが、いぬたちがウーッとおそろしいうなり声を出したので、すぐにだまってしまいました。それから、いつものように、ひつじたちが「よつあしいい、ふたつあしだめー！」ととなえはじめ、一時的な気まずさが消し去られてしまいました。最後にナポレオンは静粛《せいしゅく》をもとめて前足をあげ、じぶんがすでにいっさいのとりきめをしたのだと言いました。いかなる動物も人間と直接接触する必要はない、それは明らかにきわめて望ましからざることであろう。自分は、責務の一切をわが双肩に担うつもりである。ウィンパーさん[27]という事務弁護士がウィリンドンに住んでいて、動物農場と外の世界との仲介人となることに同意した。そして自分の指図を受けるために毎週月曜日の朝に農場をおとずれることになっている。ナポレオンはいつものように「動物農場ばんざい！」というさけび声で演説をおしまいにして、「イギリスのけものたち」を歌ったあと、動物たちは解散しました。

　あとでスクィーラーは農場をまわって、動物たちの気持ちを安心させました。かれは動物たちにたいして、商売にかかわることや金をつかうことを禁止するときめたことなどけっしてないし、そもそもそんな提案さえもなかったのだと断言しました。それはまったくの邪推《じゃすい》で、おそらくスノーボールが流布《るふ》させた虚言から出てきたものなのであろう。二、三の動物はいぜんとして、それはなんだかへんだなあ、とあやしんでいましたが、スクィーラーがかれらに抜け目なくこう聞きました。「同志諸君よ、それが夢ではなかったと確証できるか？　そのような決議の記録がどこかに存在するのか？　どこかにそれが明記されているのか？」そして、その種のものが書き物としてなにも存在していないことはたしかでしたので、動物たちは、自分たちが思いちがいをしていたのだということで満足しました。

毎週月曜日にウィンパーさんは申し合わせたとおりに農場をおとずれました。かれは頰ひげを生やしたずるそうな顔つきのこがらな男で、細々と営業している事務弁護士でしたが、動物農場には仲介者が必要であることと、その手数料は得るに値するものであるということを、ほかのだれよりも先に気づくだけの才覚がありました。動物たちはかれの出入りをある種の恐怖の念をもって見守り、なるべくかれを避けました。それでも、四つ足のナポレオンが、二本足で立っているウィンパーに指図をしているようすを見ると、動物たちは誇らしい気持ちになり、この新しいとりきめもいくらか納得できるのでした。いまや人間とかれらの関係は、これまでとはちょっとちがってきました。動物農場が栄えているからといって、人間たちが動物農場を憎む気持ちが減りはしませんでした。いや、むしろまえよりもいっそう憎んだのです。この農場がいずれ破産すること、そしてなによりも、風車が失敗することを、人間はみな、固く信じて疑わなかったのです。かれらは、パブで会い、図表を示して、風車は倒れるにきまっているとか、たとえ建ったとしても動かないだろうと、証明しあうのをつねとしていました。それでも、動物たちがじつにてきぱきと仕事を進めてゆくものですから、人間たちは意に反してある種の敬意をかれらにたいしていだくようになっていたのです。そのしるしに、かれらはこの農場をちゃんと「動物農場」というなまえで呼ぶようになり、「荘園農場」というなまえであるふりをするのをやめました。ジョーンズを応援するのもやめてしまいました。ジョーンズは農場をとりかえしたいと願っていましたが、それをあきらめて、この州のべつの土地に引っ越してしまったのです。ウィンパーをとおさずには、動物農場と外の世界とがふれあうことはまだありませんでしたが、ナポレオンが、フォックスウッドのピルキントンさんか、ピンチフィールドのフレデリックさんのどちらかと、じっさいの商取引の協定を結ぼうとしているといううわさがたえずありました――しかし、わかったことですが、両方同時にということはけっしてないのでした。

ちょうどこのころのことでしたが、ぶたたちはとつぜんおやしき《ファームハウス》に引っ越してしまい、そこを自分たちのすまいにしました。ふたたび動物たちは、そんなことをしてはいけないと、はじめのころにみんなできめたのをおぼえている気がしましたが、またもや、スクィーラーが出てきて、そんなきまりはなかったとかれらに言い聞かせることができたのです。かれがいうには、ぶたは農場の頭脳なのであって、職務の遂行には静穏な場所の確保が絶対的に必要である。それに、たんなる豚小屋でなく家に住むのが〈指導者〉の威厳にもよりふさわしいことなのである（〈指導者〉と言ったのは、かれは最近、ナポレオンのことをその肩書きで呼ぶようになっていたからです）。それでも、ぶたがキッチンで食事をとり、応接間を娯楽室につかうだけでなく、ベッドで寝るということに、なんだかへんだなあ、と思う動物もいました。ボクサーはいつものように「ナポレオンはいつでも正しい！」と言ってすませてしまいましたが、クローヴァーは、ベッドはいけないという規則がちゃんとあったはずだわ、と思ったので、納屋のはじに行って、そこに書かれている〈七戒《しちかい》〉を読みとろうとしました。クローヴァーはひとつひとつの文字は読めますが、つなぎあわせて読むことはできません。それでミュリエルを連れてきました。

クローヴァーは言いました。「ねえミュリエル、〈第四戒《だいよんかい》〉を読んでもらえないかねえ。ベッドで寝ちゃいけない、というようなことが書いてないかねえ?」

ちょっとたどたどしくはありましたが、ミュリエルはつづりを読み上げました。

「こう書いてあるよ。『動物はベッドで寝るべからず、**シーツを用いては**』だって」とようやく言いました。

おかしなことに、〈第四戒〉にシーツのことが書いてあるのをクローヴァーはおぼえていませんでした。でも壁にこうあるのですから、そうだったのにちがいありません。そしてたまたまこのとき二、三びきのいぬをともなって通りかかったスクィーラーが、その問題ぜんたいを正しい視野のもとに明らかにして、説明することができました。

かれはこう言いました。「同志諸君、それでは、諸君はわれわれぶたがいまやおやしき《ファームハウス》のベッドで寝ているということを聞きおよんだのだね。で、それのなにが悪いというのか。**ベッド**を禁じる規則があったなどとまさか思っているのではあるまいね。ベッドとはたんにねむる場所を意味する。小屋でわらを積み重ねたものでも、厳密にいえばベッドである。禁じているのは**シーツ**についてである。シーツは人間の発明品なのであるから。われわれはおやしき《ファームハウス》のベッドからシーツをとりのぞき、毛布のあいだに寝ておるのだ。まあ、たしかにすこぶる快適なベッドではある！　だが、同志諸君、言っておくが、当今われわれが遂行せねばならぬ頭脳労働の一切をかんがえれば、それは必要最低限の安楽さなのである。同志諸君よ、諸君はわれわれの安眠を奪うつもりではあるまいね？　われわれが疲れはててしまって、義務をはたせなくなってしまうことなど、望まないであろう。ジョーンズがもどってくるのを見たいなどと、だれも望んではおるまい。そうだろう？」

動物たちはこの最後の点については、そりゃそうだ、とすぐに言いました。そしてぶたがおやしき《ファームハウス》のベッドで寝ることについて、だれもなにも言わなくなりました。そしてそれから数日後に、今後はぶたは朝の起床時間をほかの動物よりも一時間遅くすると発表したときにも、そのことについてなにも文句が出ませんでした。

秋になって、動物たちは疲れていましたが、しあわせでした。かれらはつらい一年をすごし、干し草と穀物《こくもつ》の一部を売ったので、冬のための食糧のたくわえはけっして多くはありませんでしたが、風車がすべてをおぎないました。これはもうほぼ半分ができました。収穫のあと、からりと晴れた天気がつづきました。そして動物たちはこれまで以上にけんめいにはたらきました、一日中石のかたまりを運ぶのにいったりきたり精を出しても、そうすることで風車を一フィートでも高くすることができるのであれば、じゅうぶんにはたらきがいがあると思ったのです。ボクサーは夜中にまで出てきて、秋の月明かりをたよりに、独力で一時間か二時間はたらきました。動物たちは空き時間があれば、半分できた風車のまわりをぐるぐる歩いて、その壁ががんじょうでまっすぐ建っているのにほれぼれとして、自分たちがこんなにりっぱなものを建てられるとは、なんてすごいんだろうと、目をみはったのでした。ベンジャミンじいさんだけが、風車につい て熱を上げることを拒みました。もっとも、例によって、ろばは長生きすると、なぞめいたことを口にするだけで、ほかにはとくになにも言うことはありませんでした。

十一月になり、南西の風が強く吹きました。じめじめしてセメントを混ぜるのには不向きでしたので、建設工事を中断しなければなりませんでした。とうとうある夜、風があまりにもはげしいので、農場の建物が土台から揺れ、納屋の屋根がわらが何枚か吹き飛びました。めんどりたちがおびえてクワッ、クワッと鳴きながら目をさましました。遠くのほうで銃声がしたのを聞いた夢を同時に見たためです。朝になって動物たちがねぐらから出てみると、旗竿《はたざお》が吹き倒され、果樹園のふもとの楡《にれ》の木がダイコンのように根こそぎ引き抜かれていました。これに気づいたと思うまもなく、動物全員ののどもとから、絶望のさけび声があがりました。ひどい光景が目に入ったのです。風車がこわれて、くずれおちていました。

みんないっせいにその場にかけつけました。めったに走り出すことなどなかったナポレオンも、先頭を切って走りました。そうです、風車が倒れてしまったのです。みんなであんなに苦労してつくってきたのに、それが土台までがらがらとくずれ落ち、みんなでいっしょけんめいに割って運んだ石が、あたり一面に飛び散っています。みんな最初は口も聞けず、落ちてちらばった石を物悲しく見つめて立っていました。ナポレオンはだまって行ったり来たりし、ときどき地面をくんくんとかぎました。しっぽをこわばらせ、左右にぴくぴくふっています。それはかれがものすごく頭をはたらかせているしるしなのでした。とつぜん、意を決したかのように、かれは立ちどまりました。

「同志諸君」とナポレオンは静かに言いました。「これはだれのしわざだかわかるか？　夜中に入り込んで風車を打ち倒した敵を諸君は知っているか？　**スノーボール**だ！」とかれはとつぜん雷のような声でどなりました。「スノーボールがこれをやったのだ！

まったくの悪意から、われわれの計画を妨げ、不名誉な追放処分を受けた復讐をたくらんで、あの裏切り者は夜の闇にまぎれて忍び込み、われわれの一年近い仕事の成果を破壊したのだ。同志諸君、いまここでわたしはスノーボールに死刑を宣告する。やつを法の裁きに処した動物には、『動物英雄勲二等』とリンゴ半ブッシェル[28]を授与する。生け捕りにしたものにはまるまる一ブッシェルだ！」

　動物たちは、いくらスノーボールだからといって、こんなひどいことまでするのかと、計り知れないほどショックを受けました。憤激のさけび声があがり、もしスノーボールがもどってきたら、どうやってつかまえてやろうかと、みながかんがえはじめました。ほとんど即座に、一頭のぶたの足跡が丘から少し離れた草地で発見されました。その足跡は数ヤードしかたどれなかったのですが、生垣の穴のほうに通じているように見えました。ナポレオンはそれをフガフガとかいで、スノーボールのものだとはっきり言いました。わたしの見るところでは、スノーボールはおそらくフォックスウッド農場のほうからやってきたのであろう、と。

　足跡を調べおえると、ナポレオンはさけびました。「同志諸君、これ以上ぐずぐずしてはならぬ！　仕事をせねばならぬ。まさにこの朝、われわれは風車再建にとりかかる。

そして晴雨にかかわらず、冬中、建設を進める。あのみじめな裏切り者に、われわれの仕事をそうたやすくぶちこわすことなどできぬことを思い知らせてやろう。同志諸君よ、われわれの計画にいかなる変更もあってはならぬということを肝《きも》に銘《めい》じよ。予定の期日までにこれを仕上げるぞ。同志諸君、前進せよ！　風車ばんざい！　動物農場ばんざい！」

第七章

きびしい冬でした。荒れた天気につづいてみぞれと雪になり、それから凍てつく霜がおり、二月もだいぶ進むまでとけませんでした。動物たちは風車の再建に全力でとりくみました。外部の世界がかれらを見守っていて、期限までに風車が完成しなかったら、ねたんでいる人間たちが小躍《こおど》りして喜ぶだろうということがよくわかっていたからです。

人間たちは、くやしいものだから、風車を壊したのがスノーボールだとは信じないふりをしました。倒れたのは壁が薄すぎたからだと言うのです。動物たちはそんなことはないということがわかっていました。それでも、まえは十八インチにしていたのをこんどは三フィートと、二倍の厚さにして建設することがきめられていました。それはつまり、ずっとたくさんの石を集めなければならないということでした。長いあいだ石切り場は雪の吹きだまりがいっぱいになっており、なにもできませんでした。そのあとに来た凍てつく乾いた空気のなかで、多少進みはしましたが、それはつらいつらい仕事で、動物たちは以前ほどには希望がもてなくなっていました。かれらはいつも寒くて、それにまたたいてい腹ぺこでした。ボクサーとクローヴァーだけがけっして気落ちしませんでした。スクィーラーが奉仕の喜びと労働の尊さについてりっぱな演説をしましたが、ほかの動物たちは、それよりもボクサーの力と、「わしはもっとはたらこう！」といういつも変わらないさけびにはげまされたのでした。

一月に食糧が足りなくなりました。穀物の配給がひどく減り、それをおぎなうためにジャガイモの配給をふやすと発表されました。それから、たくわえてあったジャガイモの大部分が霜にやられてしまっていることがわかりました。わらと土の覆いが薄すぎたのでした。ジャガイモはいたんで変色し、食べられるのはわずかしかありませんでした。何日もずっと動物たちは切りわらとトウチシャしか食べるものがありませんでした。餓死がすぐそこにせまっているように思えました。

この事実はなんとしても外の世界に知られないようにかくしておかなければなりませんでした。人間たちは風車が崩れ落ちたことで図にのって、動物農場について新たなうそをいろいろとこしらえていました。またしても、動物はみな飢饉《ききん》と病気で死にかけているとか、内部抗争《こうそう》がたえず、共食いや子殺しをしている、などというはなしが広まりました。ナポレオンは、食糧事情の真相が知られたら悪い結果をもたらすことをじゅうぶん承知していましたので、逆の印象を広めるためにウィンパーさんを利用しようときめました。これまで動物たちは、ウィンパーが週に一度やってくるときに、ほとんど、あるいはまったく関わりをもちませんでした。けれどもいまでは、二、三の選ばれた動物たちが、たいていひつじでしたが、かれの耳にはいる場所で、食糧配給が増えたことをなにげなく言うように教えこまれました。それにくわえて、ナポレオンは、倉庫にあるほとんど空っぽの穀物箱を砂でほぼいっぱいに満たし、それからその上っ面に残りものの穀粒《こくつぶ》とひき割り粉をかぶせるように命じました。なにかの適当な口実をもうけて、ウィンパーは倉庫に引き入れられ、食糧箱をちらりと見るようにされました。かれはまんまとだまされ、外の世界にむけて、動物農場に食糧不足などない、と報告しつづけることになったのです。

それでも一月の終わりごろには、どこかから穀類を補給しなければならないのがはっきりしてきました。このごろはナポレオンはめったにみなのまえにあらわれず、おやしき《ファームハウス》でずっと過ごしていました。そこではどの入り口も獰猛《どうもう》な顔つきをしたいぬが番をしていました。かれがじっさいにすがたを見せるときは、仰々《ぎょうぎょう》しく六ぴきのいぬがまわりをぴたりとかこみ、だれかがそばに寄りすぎるとうなり声をあげるのでした。日曜の朝でさえすがたを見せないこともよくあって、ほかのぶたのだれか、たいていはスクィーラーをとおして命令を出したのです。

ある日曜日の朝、めんどりがふたたびたまごを産みはじめていたころでしたが、彼女たちはたまごを引き渡さなければならないとスクィーラーが発表しました。ナポレオンはウィンパーをとおして、週に四百個のたまごの売買契約をむすんでいたのです。それを売ったお金で穀粒とひき割り粉を買うことができる、それがあれば、夏になって状況が楽になるまで農場は持ちこたえられる、と言うのです。

めんどりたちはこれを聞くと、ものすごい抗議のさけび声をあげました。このような犠牲が必要になるかもしれないという警告はまえに受けてはいたものの、まさかほんとうにそうなるとは思ってもいなかったのです。彼女たちは春にたまごをかえす準備に入っているところで、いまたまごを取り去ってしまうのは殺してしまうことだと抗議しました。ジョーンズの追放以来はじめて、反乱に似たものが起こっていました。三羽の黒ミノルカ種[29]の若いめんどりに先導されて、めんどりたちはナポレオンの思いどおりにはさせまいと堅く心にきめ、がんばりました。彼女たちがとったやりかたは、垂木《たるき》のうえにばたばたと飛びあがり、そこでたまごを産んでしまって、たまごを床《ゆか》に落としてこなごなにしてしまうというものでした。ナポレオンは迅速《じんそく》に、また情け容赦なく行動しました。かれはめんどりへの食糧配給を止めるように命じ、めんどりに穀物を一粒でも与えた動物は死刑に処すると布告しました。いぬたちがその命令が実行されるように監視しました。五日間めんどりたちはもちこたえましたが、それから降参して巣箱にもどりました。そのあいだに九羽のめんどりが死にました。その遺骸《いがい》が果樹園に埋められ、彼女たちはコクシジウム症[30]で死んだのだと発表されました。ウィンパーはこの事件についてはなにも聞きませんでした。そしてたまごはしかるべく引き渡されました。食料品商の箱馬車《ヴァン》[31]が週に一度農場に来て、たまごを持っていったのです。

　こうしたあいだじゅう、スノーボールのすがたはもはやまったく見られませんでした。隣の農場のフォックスウッドかピンチフィールドか、どちらか一方にかくれているといううわさがありました。ナポレオンはこのころには以前よりも他の農場主たちとわずかながら関係がよくなっていました。たまたま中庭に材木の山が積まれていました。十年前にブナの木立を伐採したときにそこに積んでおいたものです。よく乾燥していたので、ウィンパーはナポレオンにそれを売ったらどうですかと勧めました。ピルキントンさんもフレデリックさんもどちらもそれをとても買いたがりました。ナポレオンは二人のどちらに売ろうかとためらい、決心がつかずにいました。わかったことですが、かれがフレデリックと契約しそうに見えたときにはいつでも、スノーボールはフォックスウッドにかくれているのだと発表され、また、かれがピルキントンのほうにかたむくときは、スノーボールはピンチフィールドにいるのだと言われました。

早春にとつぜん、おどろくべきことが発見されました。スノーボールがひそかに夜中に農場に出入りしていたというのです！　動物たちはたいへんにショックを受け、小屋でおちおちねむることもできなくなりました。毎晩、夜の闇にかくれて忍び込んで、あらゆる悪事をはたらいている、と言われました。穀物をぬすむ、牛乳バケツをぶちまける、たまごを割る、苗床を踏み荒らす、果樹の皮をかじりとる。なにかまずいことがおこれば、それをスノーボールのせいにするというのがおきまりになりました。窓が割れたり、排水溝が詰まったりすれば、スノーボールが夜中に来てそれをしたのだと、かならずだれかが言うのでした。そして倉庫の鍵がなくなってしまったとき、スノーボールがそれを井戸に投げ入れたにちがいないと農場のみんなが思い込みました。たいへん奇妙なことに、その鍵がひき割り粉の袋の下に置き忘れていたのが見つかったあとでさえも、かれらはそれを信じつづけたのです。めうしたちは、スノーボールが牛舎に忍び込んできて、ねむっているあいだに乳しぼりをしてしまったと、口をそろえて言いました。野ねずみたちは、その冬はこまったものでしたが、これもスノーボールとぐるになっているのだと言われました。

ナポレオンはスノーボールの活動をじゅうぶんに調査するように命じました。かれはいぬたちをしたがえて出かけ、農場の建物を注意深く視察してまわり、ほかの動物たちは敬して距離をおいて、あとについていったのでした。ナポレオンは二、三歩進むと立ちどまって、スノーボールの足跡をたどるためにふんふんと地面をかぎました。においをかぎわけることができる、とかれは言うのです。納屋や牛舎、鶏小屋、菜園と、すみずみまでにおいをかいでみて、ほぼすべての場所にスノーボールの跡を見つけました。鼻づらを地面にくっつけて、何度か深くにおいをかいで、おそろしい声で、「スノーボールだ！　やつはここにいた！　はっきりやつのにおいがわかる！」とさけびました。そして「スノーボール」ということばを聞いて、すべてのいぬたちは血も凍るようなおそろしいうなり声を発し、牙をむき出しにするのでした。

動物たちはこわくてふるえあがってしまいました。スノーボールは、あたりの空気に広がって、あらゆる危険でもってかれらをおびやかす、まるでなにかの目に見えない力のようにかれらには思えました。晩になるとスクィーラーが一同を呼び集めて、顔におどろきの表情を浮かべて、重大な知らせがあると言いました。

「同志諸君！」とさけぶスクィーラーは、神経質にぴょんぴょん小さくはねまわっています。「きわめておそるべき事態が発覚した。スノーボールがピンチフィールド農場のフレデリックに身売りしたのだ。フレデリックは、たったいま、われわれを攻撃してこの農場を奪い取ろうとたくらんでいるところなのだ！　その攻撃がはじまると、スノーボールが案内役をつとめることになっている。だがさらに悪いことがある。われわれはスノーボールの反乱がやつの虚栄心と野心によって引き起こされたのだと思っていた。だが同志諸君、それはまちがいだった。本当の理由がなんであったか、おわかりか？　スノーボールははじめからジョーンズとぐるになっていたのだ！　やつはずっとジョーンズのスパイだったのだ。かれが残した文書があって、それをわれわれは発見したばかりなのであるが、それにすべてが証明されていたのだ。同志諸君、これで多くのことが説明がつくと思う。われわれは自分たちで見たのではなかったか、やつが――さいわい成功しなかったとはいえ――〈牛小屋のたたかい〉でわれわれを敗北させ破滅させようと試みたことを」

動物たちはあっけにとられました。これはスノーボールが風車を破壊したことよりもはるかにひどい悪事でした。しかし、それを受け入れるのにはしばらく時間がかかりました。みんなは、スノーボールが〈牛小屋のたたかい〉でみんなの先頭に立って攻撃し、つねにかれらを叱咤《しった》激励《げきれい》し、ジョーンズの散弾がかれの背中を傷つけたときでさえも一瞬たりとも立ちどまらなかったことをおぼえていました。というか、おぼえていると思いました。最初は、このことと、かれがジョーンズの側にいたということと、どうつじつまがあうのかよくわからないのでした。ボクサーでさえ、質問することなどめったになかったのに、とまどってしまいました。かれは前足を下におりまげてすわり、目をとじて、なんとかがんばってかんがえをまとめました。

「わしはそれを信じない」とボクサーは言いました。「スノーボールは〈牛小屋のたたかい〉で勇敢にたたかった。わしはこの目で見た。そのあとすぐ、わしらはかれに『動物英雄勲一等』をあげたのではなかったか？」

「それはわれわれの間違いだったのだ、同志よ。というのはいまやわれわれは知っているわけだが――それはみなわれわれが発見した秘密文書のなかに記載されてあるのだが――じつはやつはわれわれをおびき寄せて破滅させようとしていたのだ」

「だがかれは怪我をした」とボクサーは言いました。「わしらはみんな、かれが血を流しているのを見たぞ」

「それも申し合わせの一部だったのだ」とスクィーラーがさけびました。「ジョーンズの撃った弾丸はやつにかすり傷を負わせただけだ。もし君に読めるのであれば、やつ自身が書いた文書でこれを君に示すことができる。その陰謀《いんぼう》は、スノーボールがいざというときに退却の合図を送り、敵に陣地をゆだねてしまうというものだった。同志諸君、ほとんどやつは**成功しかかっていた**のだとさえ言おう、もしわれわれの英雄的な〈指導者〉、〈同志〉ナポレオンがおられなかったとしたらな。諸君はおぼえていないのか？　ジョーンズとその手下どもが中庭に入ったとたん、スノーボールがとつぜんむきをかえて逃げ出したことを。そして多くの動物がやつのあとについていったことを。そしてまた、諸君はおぼえていないのか？　あわてふためいてしまって万事休すと思えたまさにその瞬間に、〈同志〉ナポレオンが『人間に死を！』とさけんでおどり出て、ジョーンズの足に嚙《か》みついていったことを。同志諸君、たしかに諸君は**それを**おぼえているだろう？」とさけぶスクィーラーは左右にぴょんぴょんとはねまわります。

いまや、スクィーラーがその場面を絵に描いたかのように説明すると、動物たちはそれをおぼえているような気がしてきました。いずれにせよ、たたかいの危機的な瞬間にスノーボールがむきを変えて逃げたことはおぼえていました。でもボクサーはまだじゅうぶん納得がいきません。

かれはしまいにこう言いました。「わしはスノーボールがはじめから裏切り者だったとは信じない。それからあとでかれがしたことはべつだが、〈牛小屋のたたかい〉ではりっぱな同志だったと信じている」

「われらの〈指導者〉であられる〈同志〉ナポレオンが」と、スノーボールが、ひじょうにゆっくりと、そして断固とした口調で言いました。「定言的《ていげんてき》に――定言的にだ、同志よ――おっしゃったのだ。スノーボールはまさしく最初からジョーンズの手先だった――そう、〈反乱〉が想定される以前から手先だったのだと」

「ああ、それならはなしはべつだ!」とボクサーは言いました。「〈同志〉ナポレオンがそう言うなら、それは正しいにちがいない」

「それこそが殊勝《しゅしょう》な心がけだ、同志よ!」とスクィーラーがさけびましたが、かれはひじょうにいやな顔つきをして、ぎらりとひかる小さな目でボクサーを見たのでした。

かれはその場を去ろうとしてむきをかえ、それから立ちどまり、噛《か》んで含《ふく》めるような調子でこうつけくわえました。「この農場の動物各位に警告しておくが、自分の目をしかと見開いておくがいい。スノーボールのスパイがまさしくいまわれわれのなかに潜伏していると思《おぼ》しきふしがあるからだ！」

その四日後、午後遅くに、ナポレオンはすべての動物に中庭に集合するように命じました。みんなが集められると、ナポレオンがおやしき《ファームハウス》からあらわれました。二つの勲章をつけ(最近「動物英雄勲一等」と「動物英雄勲二等」を自分自身に授与していたのです)、九ひきの巨大ないぬがかれのまわりをはねまわり、すべての動物たちの背筋をふるえあがらせるようなうなり声を発していました。動物たちはみなそれぞれの席についてだまってちぢこまり、これからおそろしいことが起こるのをあらかじめ知っているように見えました。

ナポレオンはきびしいまなざしで一同を見まわしながら立っていました。それからブー、ブーとかんだかく鼻を鳴らしました。たちまち、いぬたちがまえにとびだして、四ひきのぶたの耳をくわえ、痛いのとこわいので、キーッと泣きさけぶかれらをナポレオンの足もとまで引きずっていきました。ぶたたちの耳から血が流れおち、いぬたちは血の味を知り、数分間すっかり気が狂ったかのように見えました。みんながおどろいたことに、そのうちの三びきがボクサーにおそいかかっていきました。ボクサーはいぬたちがおそってくるのを見て大きなひづめをつきだし、一ぴきを空中で受けて地面に押さえつけました。そのいぬはキャンキャンいって助けをもとめ、ほかの二ひきはしっぽをまいて逃げました。ボクサーはいぬをふみころしたらいいのか、それともはなしてやったらいいのか、わからなかったので、ナポレオンの顔を見ました。ナポレオンは顔色が変わったように見えましたが、ボクサーに放してやれときびしい口調で命令しました。それでボクサーはひづめをもちあげ、いぬは傷を負って泣きながらこそこそと逃げていったのです。

まもなく騒動はおさまりました。四ひきのぶたは、いかにも自分はやましいことをしましたという顔をして、ふるえながら待っていました。ここでナポレオンは、かれらに罪を白状するようにもとめました。かれらはナポレオンが日曜の〈集《つど》い〉を廃止したときに抗議をした四ひきなのでした。それ以上うながされずに、かれらは、スノーボールが追放されて以来、かれとこっそりと連絡をとっていたこと、かれとたくらんで風車を破壊したこと、動物農場をフレデリックさんに引きわたすようにスノーボールととりきめていたことを白状しました。また、スノーボールが長きにわたってジョーンズのスパイであったことをこっそりかれらに認めていたこともつけくわえました。その自白が終わると、いぬたちはすぐさまかれらののどをかみきりました。そしておそろしい声でナポレオンは、ほかの動物でなにか告白することはないか、と聞きました。

たまごのことで反乱をくわだてた首謀者《しゅぼうしゃ》である三羽のめんどりがここでまえに進み出て、夢のなかにスノーボールがあらわれて、ナポレオンの命令に逆らうようにそそのかしたのだと述べました。この三羽も殺されました。それから一羽のがちょうがまえに進み出て、昨年の収穫のときに麦の穂を六本くすねて、夜中にそれを食べたことを告白しました。それから一ぴきのひつじが水飲み用の池におしっこをしたことを白状し――スノーボールにうながされてそうしたと彼女は言いました――ほかの二ひきのひつじは、ナポレオンをことのほか崇拝《すうはい》していた一ぴきの老いたおひつじが咳《せき》で苦しんでいるときに、たき火のまわりをぐるぐる追い回して、殺してしまったと白状しました。かれらはみなその場で殺されました。このようにして、告白と処刑がえんえんとつづいてゆき、ナポレオンの足もとに動物の死骸《しがい》が山と積まれ、空気中には血なまぐさいにおいがたちこめました。ジョーンズを追放してからというもの、そんなことは一度もなかったことでした。

すべてが終わったあと、ぶたといぬはべつにして、残った動物たちはひとかたまりとなって、はうようにして立ち去りました。ぶるぶるふるえ、みじめでした。どちらがいっそう衝撃的《しょうげきてき》であるのか――スノーボールとぐるになっていた動物たちの裏切りか、それともたったいま目《ま》の当《あ》たりにしたむごたらしい懲罰《ちょうばつ》か――かれらにはわかりませんでした。昔もおなじようにひどい流血の場面がしばしばありましたが、それが自分たち自身のなかで起こったものですから、はるかにひどいことのように、一同みんなにとっては思えました。ジョーンズが農場を去ってからというもの、今日まで、動物がほかの動物を殺すようなことはけっしてありませんでした。野ねずみでさえ一ぴきも殺されていませんでした。かれらはできかけの風車がある小さな丘まで行き、まるで暖《だん》をもとめて体を押しつけあうかのように横たわりました――クローヴァー、ミュリエル、ベンジャミン、うし、ひつじ、またがちょうとにわとりのみんな――じっさい、ねこをのぞく全員でした。ねこは、ナポレオンが集合を命じる直前にとつぜんすがたを消してしまっていました。しばらくのあいだ、だれもなにもしゃべりませんでした。ボクサーだけが立ったままでいました。かれはそわそわとあちこち動き、長くて黒い尾っぽをわき腹に打ちふり、ときどきおどろきの小さないななきをあげました。おしまいにかれは言いました。

「わけがわからん。わしらの農場でこんなことが起きるなんて信じられん。わしら自身になにかいけないところがあったせいにちがいない。わしの見るところでは、これを解決するにはもっとはたらくことだ。明日から、わしは丸一時間早く起きることにするぞ」

そしてかれはどたどたと早足に石切り場にむかいました。そこに着くと、石を荷車二台ぶんつづけて集め、それを風車のところまで引きずっていき、それから夜半に寝《しん》についたのです。

動物たちはなにも話さずにクローヴァーのまわりに寄り集まりました。かれらが横たわっている丘の上からは田園地帯が広く見わたせました。動物農場のほとんどがかれらの目に入りました――本道まで長くなだらかにひろがっている放牧場、牧草畑、小さな林、水飲み用の池、耕作地は小麦の若い穂がびっしりとならび、青々としていて、農場の建物の赤い屋根は、煙突から煙がうずをまいています。すみきった春の夕ぐれでした。日の光が真横からふりそそいで、草地と、新芽がほころんだ生垣が黄金色に輝いていいました。この農場が——一種のおどろきの念をもって、それが自分たち自身の農場であること、そのすみずみまで自分たちの所有物であることを思い出したのですが——動物たちにとって、こんなに望ましい場所に思えたことはかつてありませんでした。丘の斜面を見下ろしたとき、クローヴァーの目にはなみだがあふれていました。もし彼女が自分の思いを語ることができたら、このように言っていたことでしょう——これは以前にあたしたちが人間を打ち倒すための仕事にとりかかったときにめざしていたものじゃないわ。このような恐怖と殺戮《さつりく》の場面は、あの夜、メージャーじいさんが最初にあたしたちを反乱にかきたてたときに、あたしたちが楽しみに待ったものじゃないわ。もし自分で未来の絵を描いていたとしたら、動物たちが飢えと鞭《むち》から解放され、みんな平等で、それぞれがその能力に応じてはたらき、メージャーの演説の夜によるべのないあひるのひなたちを前足でまもってやったように、強きが弱きをまもる、そんな社会だったのよ。ところがそれと逆に——どうしてなのかあたしにはわからないけれど——だれも自分の思ったことを口にできず、獰猛《どうもう》ないぬがうなり声をあげてうろつきまわり、同志たちが、衝撃的な犯罪を告白したあとでずたずたに引き裂かれて殺されてしまうのを見なければならない、そんな時代にぶつかってしまった。あたしは、はむかおうとか、さからおうなんて気持ちはこれっぽっちももっちゃいない。いまのままだって、ジョーンズの時代にくらべりゃずっとましだし、なにをおいても、人間がもどってこないようにしなくちゃいけないということはわかっている。どうあろうとも、あたしは忠誠を尽くし、けんめいにはたらき、自分が受けた命令を実行し、ナポレオンの指導を受け入れるつもりだわ。それでも、あたしとほかの動物みんなが望み、苦労してきたのは、こんなことのためじゃなかった。あたしたちが風車を建て、ジョーンズの銃弾に立ちむかったのは、こんなことのためじゃなかった——クローヴァーはこのように表現することばをもっていなかったのですが、その胸のうちはこのようなものだったのです。

しまいにクローヴァーは、見つけることができないことばの代わりに少しはなってくれるのではないかという気がして、「イギリスのけものたち」を歌いだしました。まわりにすわっていた動物たちも歌に加わり、三度それをくりかえしました——これまで歌ったことがないような歌い方で、とても美しい調べで、でもゆっくりと、悲しみをこめて。

三度目をちょうど歌いおえたとき、スクィーラーが、二ひきのいぬをひきつれて、大事なはなしがあるというそぶりで近づいてきました。スクィーラーはこう宣告しましした

――〈同志〉ナポレオンの特命により、「イギリスのけものたち」は廃止された。今後はこれを歌うことを禁止する。

動物たちはびっくりしました。

「どうしてなの?」ミュリエルがさけびました。

「もういらなくなったからだ、同志よ」とスクィーラーがきびしい口調で言いました。「『イギリスのけものたち』は〈反乱〉の歌だった。ところが、〈反乱〉はもう完了した。今日の午後におこなった裏切り者たちの処刑で幕が閉じたのだ。敵は内も外も敗北した。われわれは、未来のよりよき社会への願望を『イギリスのけものたち』に託したのだった。ところが、その社会はもうできあがってしまった。したがって、明らかに、この歌にはもうなんの意義もなくなったというわけだ」

おびえてはいたものの、動物たちのなかには抗議しかかったものがいました。でも、ちょうどこのとき、ひつじたちがいつものように「よつあしいい、ふたつあしだめ」と鳴きはじめ、それが数分間つづいて、話し合いは終わりにされてしまいました。

こうして「イギリスのけものたち」はもはや聞かれなくなりました。その代わりに詩人のミニマスがべつの歌をこしらえました。出だしはこうです。

動物農場よ、動物農場よ、
我がために汝が害されることはたえてあるまじ！

そしてこれが日曜朝に旗の掲揚《けいよう》のあとで歌われることになりました。けれども、動物たちにとっては、なぜか歌詞もメロディも「イギリスのけものたち」にはけっしておよばないように思えました。

第八章

数日後、処刑がひきおこした恐怖がしだいにうすれていったころ、動物たちのなかには、第六戒《だいろっかい》で「動物はほかの動物を殺すべからず」と定めていたことを思い出したものが——というか、そういうきまりがあったような気がするなあ、と思ったものが——いました。それで、ぶたやいぬに聞かれそうな場所では用心してだれも口にしようとはしませんでしたが、先日起こった殺害はこのきまりとあわないように感じられました。クローヴァーはベンジャミンに、第六戒を読んでちょうだい、と頼みました。そして、ベンジャミンは例によって、そんなことにわしはかかわりたくない、と言って断ったので、彼女はミュリエルを連れてきました。ミュリエルは彼女のためにその戒を読んでやりました。それはこう書かれていました。「動物はほかの動物を殺すべからず、**理由なしには**」どういうわけか、おしまいの「理由なしには」ということばが動物たちの記憶から抜け落ちてしまっていました。けれども、第六戒を破ったわけではなかったということとがこれで動物たちにはわかりました。というのは、スノーボールとぐるになった裏切り者を殺すことには、明らかにちゃんとした理由があったからです。

その一年をとおして、動物たちはまえの年よりもさらにけんめいにはたらきました。風車をまえの二倍の厚さにして建てなおし、それをきめられた期日までに完成させ、さらに農場のふだんの仕事もいっしょにこなすというのは、とてつもない重労働でした。ジョーンズの時代よりも長い時間はたらいているのに、食糧はべつだんまえよりよくはなっていないなあ、と動物たちに思えるときもありました。日曜の朝には、スクィーラーは、足で細長い紙切れをおさえつつ、各種の食糧の生産が、その場合に応じて、二百パーセント、三百パーセント、あるいは五百パーセントと増加したことを証明する数字の表をかれらに読み上げました。それを信じない理由は動物たちには見つかりませんでした。とりわけ、〈反乱〉のまえの状態がどんなであったか、もう思い出すことができなかったからです。それでもやはり、その数字は減ってもいいから食糧をふやしてもらいたい、と感じるときもあったのです。

すべての命令はいまではスクィーラーかほかのぶたをとおして発せられました。ナポレオン自身は二週間に一度ぐらいしかみんなのまえにすがたを見せません。いよいよ登場というときには、いぬのけらいを引きつれているだけでなく、黒い若いおんどりもしたがえていて、それが先払いとなって進み、一種のラッパ手のような役割をつとめて、ナポレオンがしゃべるまえに声高らかに「コケコッコー」と鳴くのでした。おやしき《ファームハウス》のなかでも、ナポレオンはほかのものたちとはべつの部屋に住んでいると言われていました。かれは二ひきのいぬにかしずかれて単独で食事をとり、いつでも応接間のガラス戸棚にしまってあったクラウン・ダービー[32]のディナーセット一式をつかって食事をしました。毎年ナポレオンの誕生日には、ほかのふたつの記念日とおなじように、祝砲を撃つことも発表されました。

ナポレオンはいまでは、ただ「ナポレオン」とはけっして呼ばれなくなりました。いつも正式に「われらの〈指導者〉、〈同志〉ナポレオン」と呼ばれ、ぶたたちはかれのために、〈すべての動物たちの父〉、〈人類の恐怖〉、〈羊小屋の保護者〉、〈あひるの子らの友〉などという称号をこしらえることを好みました。スクィーラーはその演説のなかで、なみだをぼろぼろ流しながら、ナポレオンの英知を、心の優しさを、各地のすべての動物たち、とりわけほかの農場で無知と奴隷状態でくらしている不幸な動物たちにさしのべる深い愛を、語るのでした。すべての成果とすべての幸運が、ナポレオンのおかげであるとみなすのがふつうのことになりました。一羽のめんどりがもう一羽に、「わたしたちの〈指導者〉、〈同志〉ナポレオンのお導きで、わたしは六日間で五個のたまごを産みました」というのがよく聞かれ、あるいは二頭のめうしが池で水を飲むのを楽しみながら、「〈同志〉ナポレオンのご指導のおかげで、このお水はなんておいしいことでしょう！」とさけぶのでした。農場全体の気持ちは、ミニマスがこしらえた「〈同志〉ナポレオン」という題名の詩によく表現されていました。それはこんな詩でした。

父なし子らの友！
幸福の泉！
残飯桶の主！　おお、穏やかで威厳ある
空の太陽のごとき
汝の目を凝視するとき
わが魂はいかに燃ゆることか
〈同志〉ナポレオン！

汝は汝の生き物たちが愛するもの
すべてを与えたまう者なり
日に二度の満腹、寝るに清潔なる藁《わら》
大も小もすべてのけものは
安らかにその小屋にて眠る
汝はすべてを見守りたまう
〈同志〉ナポレオン！

われに乳飲み子のぶたあらば
一パイントびんやのし棒ほどの
大きさに育つまえより
汝に忠実にして信義を尽くすべく
学ばしめん
しかり、かれの産声《うぶごえ》はかくあるべし
「〈同志〉ナポレオン！」

ナポレオンはこの詩をよろしいといってみとめ、大納屋《おおなや》の〈七戒《しちかい》〉があるのとは反対側の壁にこれを書かせました。その上にはナポレオンの横顔の肖像が描かれました。白ペンキでそれを描いたのはスクィーラーでした。

そのあいだ、ウィンパーを仲立ちにして、ナポレオンはフレデリックおよびピルキントンと込み入った商談にかかわっていました。材木の山はまだ売れていません。この二人のうちでは、フレデリックのほうがそれを手に入れようと熱心でしたが、ちゃんとした値段をつけようとしませんでした。おなじころ、フレデリックとその手下たちが動物農場を攻撃して風車を破壊しようとたくらんでいるといううわさがまたしても広まりました。風車の建設でフレデリックはねたみをひどくつのらせているというのです。スノーボールはいまだにピンチフィールド農場にかくれひそんでいるものと思われていました。夏のなかばごろに、三羽のめんどりがまえに進み出て、わたしたちはスノーボールにそそのかされて、ナポレオン暗殺計画に加わりました、と告白したので、それを聞いた動物たちはびっくりしました。そのにわとりたちはただちに処刑され、ナポレオンの身の安全を守るための新たな警護策がとられました。四ひきのいぬが夜中にかれのベッドの四隅《よすみ》に配置されて護衛にあたり、ピンクアイ[33]という名の若いぶたが、ナポレオンの食事に一服もられていないかどうか、かれが食べるまえにすべての料理を毒見する役割を与えられました。

　ほぼ同時期に、ナポレオンが材木の山をピルキントンさんに売るとりきめをしたと発表されました。かれはまた、動物農場とフォックスウッドのあいだでいくつかの産物を交換する正式な協定を結ぼうとしていました。ナポレオンとピルキントンとの関係は、ウィンパーをとおして進められていたものにすぎませんでしたが、いまやほとんど友好的なものになっていました。なにしろ人間なのですから、ピルキントンのことを動物たちは信用しませんでしたが、フレデリックよりはましだと思っていました。フレデリックをかれらはおそれ、かつ憎んでいたのです。夏が進んでゆき、風車の完成が近づくにつれて、謀反《むほん》の攻撃が差しせまっているといううわさがますます強まってきました。伝えられるところによると、フレデリックは銃で武装した二十名の男をかれらに差しむけるつもりであり、すでに治安判事や警察を買収しているので、ひとたび動物農場の権利証書を手に入れたならば、なんらおとがめなしだろうということでした。その上、フレデリックが自分のところの動物たちにたいしておこなっている残虐行為について、ピンチフィールドからおそろしいはなしがもれ聞こえていました。かれは老馬をたたき殺し、うしを飢え死にさせ、いぬをかまどに投げ込んで焼き殺し、晩には、おんどりのけづめにかみそりの刃をくくりつけて闘鶏《とうけい》をさせて楽しんでいる、というのです。同志たちがそのような仕打ちを受けていると聞いて、動物たちの血は怒りで煮えくり返り、みんなでピンチフィールド農場に乗りこんでいって、人間どもを追い出して動物たちを自由にしてやろうじゃないか、と騒ぎ立てることもありました。しかしスクィーラーは、向こう見ずな行動は避けて、〈同志〉ナポレオンの戦略を信用するように、と忠告しました。

それにもかかわらず、フレデリックに対する反感の念はたえず高いものでした。ある日曜の朝に、ナポレオンは納屋にあらわれて、自分は材木をフレデリックに売ることなど一度もかんがえたことがなかった、と説明しました。あんな卑劣漢《ひれつかん》と取り引きをするなど、沽券《こけん》にかかわる、とかれは言いました。〈反乱〉の知らせを広めるためにいまなお外に送られていたはとたちは、フォックスウッドには一歩も足を踏み入れてはならないと言われ、以前の「人間に死を」というスローガンをやめて、「フレデリックに死を」にするようにと命じられてもいました。夏の終わりには、スノーボールのさらなる陰謀《いんぼう》が暴露《ばくろ》されました。小麦の収穫に雑草がたくさん混じっていたのですが、これはスノーボールが夜中の訪問の折に、小麦の種に雑草の種を混ぜていたのであることがわかったのです。この陰謀にひそかに通じていた一羽のおすのがちょうが、その罪をスクィーラーに白状し、即座にベラドンナ[34]の実を飲みこんで自殺しました。動物たちはいまや――かれらの多くがこれまで信じていたのとはちがって――スノーボールが「動物英雄勲一等」を受けたことなどなかったということも学びました。それは〈牛小屋のたたかい〉のあとでスノーボール自身が広めた伝説にすぎず、叙勲《じょくん》されるどころか、そのたたかいで臆病風を吹かせたために、かれはきびしい譴責《けんせき》を受けていたというのです。またもや動物たちのなかには、これを聞いて、ちょっと変だな、と思うものがいましたが、動物たちの記憶がまちがいであったのだと、スクィーラーはかれらにすぐに確信させることができました。

　秋に、精根《せいこん》尽きはててしまいそうなところを歯をくいしばってがんばった末に――というのは、ほぼおなじ時期に収穫の作業にもあたらなければならなかったので――風車の工事が終わりました。機械の取り付けはまだこれからで、ウィンパーが機械の購入を交渉していましたが、建物じたいは完成したのです。未経験で、道具も原始的なものしかなく、運も悪く、スノーボールの裏切りもあったにもかかわらず、あらゆる困難をものともせず、まさにその期日に、仕事がぴったりと完了したのです！　疲れはてていたものの、誇らしい気持ちで、動物たちは自分たちが仕上げた傑作のまわりをぐるぐる歩きまわりました。それは最初に建てたときよりも、かれらの目にはさらにいっそう美しく見えたのでした。さらに、壁はまえよりも二倍の厚さにしました。こんどばかりは、爆薬でも仕掛けないかぎり、それを打ち壊すことはできないでしょう！　いやあ、いっしょけんめいにはたらいたなあ、がっかりするようなことがいろいろあったけれど、それにめげずによくがんばったなあ、羽根がまわって発電機が動いたら、自分たちのくらしはがらりと変わるんだろうなあ――こうしたもろもろのことを思うと、疲れもふきとんで、やったぞー、と喜びのさけび声を発しながら、風車のまわりを何度もぐるぐるとはねまわったのでした。ナポレオン自身も、いぬたちと若いおんどりを従えて、できあがった風車を視察しに出てきました。かれは、じきじきに動物たちにむかってかれらがなしとげたことをほめたたえ、この風車を〈ナポレオン風車〉と名づける、と宣言しました。

二日後、動物たちは納屋での特別集会に呼び出されました。ナポレオンが、材木をフレデリックに売ったと発表したものですから、動物たちはびっくりして声も出ませんでした。明日フレデリックの荷馬車《ワゴン》が到着して、それを運び去ることになる。表向きはピルキントンと友好関係にあったのでしたが、そのあいだにじつはナポレオンはフレデリックとひそかに協定を結んでいたのでした。

　フォックスウッドとの関係がこれですべて断たれてしまいました。侮辱するメッセージがいくつかピルキントンに送られていました。はとたちは、ピンチフィールド農場に立ち入らないようにと言われ、スローガンを「フレデリックに死を」から「ピルキントンに死を」に変えさせられました。同時に、ナポレオンは、動物農場への攻撃がせまっているといううわさは事実無根であり、フレデリックが動物を虐待しているというはなしもひどく大げさなものだった、と動物たちにきっぱりと言いました。こうしたうわさは、どれもみな、スノーボールとその手下がこしらえたものなのであろう。いま判明したことであるが、スノーボールは、結局のところ、ピンチフィールド農場にかくれているのではなかった。じっさい、そこにいたことなど一度もなかった。やつは――聞くところでは、かなりのぜいたくをして――フォックスウッドでくらしていて、じつはこれまで長いこと、ピルキントンの食客《しょっかく》となっていた、というのです。

　ぶたたちはナポレオンのたくみな立ち回り方に大喜びしました。ピルキントンと仲よくしているふりをすることによって、フレデリックに、買値を十二ポンドも引き上げさせたのです。しかし、スクィーラーに言わせると、ナポレオンの頭脳のすばらしさは、かれがだれも信用しないこと、フレデリックでさえも信用しないということに示されているのでした。フレデリックは材木の代金の支払いに、小切手と呼ばれるものをつかいたがりました。それは金を支払う約束が一枚の紙切れに書いてあるものだそうです。しかしその手にのるようなナポレオンではありません。五ポンド札の現金払いをもとめました。それも、材木を引き渡すまえに先払いするという約束です。すでにフレデリックは支払いをすませており、かれが払った総額は、風車用の機械を買うのにちょうど足りるものでした。

そのあいだに、材木は大急ぎで運び去られました。それがすっかり持ち去られると、動物たちにフレデリックの銀行紙幣を見せるために、べつの特別集会が納屋でもよおされました。ナポレオンは、満面の笑みをたたえて、勲章をふたつとも身につけて、演壇のわらのベッドに横になっています。お金はそのかたわらにあり、おやしき《ファームハウス》のキッチンからもってきた磁器のお皿の上にきちんと積み上げられています。動物たちは列をつくってゆっくりとそのまえを通り、それぞれが存分《ぞんぶん》にながめました。ボクサーが紙幣のにおいを鼻でくんくんとかぐと、その薄っぺらい白いものがかれの鼻息で動き、さらさらと音をたてました。

三日後にとんでもない大騒ぎとなりました。ウィンパーが、真っ青になって自転車を走らせてきて、中庭にのりすてると、おやしき《ファームハウス》にまっしぐらにとびこんできました。つぎの瞬間、ぐわーっ、というくぐもった怒りのさけび声がナポレオンの部屋から聞こえてきました。事の次第が野火のように農場中にばあっと広がりました。なんと、紙幣は偽札《にせさつ》だったのです！　フレデリックは、ただで材木を手に入れてしまったのです！

ナポレオンはただちに動物たちを集めて、おそろしい声でフレデリックに死刑宣告をしました。ひっとらえたらフレデリックはかまゆでにしてやる、とかれは言いました。同時に、このような裏切りの行為があったいま、最悪の事態が予想される、とかれは動物たちに警告しました。フレデリックとその手下たちは、かねてから予想されていた攻撃をいつなんどきしかけてくるともかぎらない。農場にいたるすべての地点に歩哨《ほしょう》が置かれました。くわえて、四羽のはとが、融和《ゆうわ》をはかるメッセージをもってフォックスウッドに送られました。ピルキントンとの友好関係を回復しようというねらいです。

まさにその次の日の朝に攻撃がはじまりました。動物たちが朝食をとっていたとき、見張り番がかけこんできて、フレデリックとその手下たちが、五本の横木の門を通ってすでに入りこんでいるという知らせをもってきました。動物たちは勇敢にも出て行って人間を迎え撃ちましたが、今回は〈牛小屋のたたかい〉のときとちがって、楽勝というわけにはいきませんでした。人間は十五人いて、銃が五、六丁あり、五十ヤード以内に入るやいなや、発砲しました。動物たちは、おそろしい銃声と突き刺さる散弾に立ちむかうことができず、ナポレオンとボクサーが隊列を整えようとしたにもかかわらず、すぐに撃退されてしまいました。かなりのものがすでに負傷していました。かれらは農場の建物に逃げこみ、割れ目や節穴からおそるおそる外をのぞきました。風車をふくめて、広い牧草地のぜんたいが、敵の手中にありました。しばらくはナポレオンでさえどうしていいかわかりませんでした。しっぽをぴんとこわばらせ、ぴくぴくさせながら、一言もいわずに行ったり来たりしていています。物欲しげなまなざしをフォックスウッドの方角にむけていいます。もしピルキントンとその雇い人たちが助っ人に来てくれたら、勝利の目はまだあるかもしれない。しかし、ちょうどこのとき、前日に送った四羽のはとがもどってきて、そのうちの一羽が、ピルキントンからの紙きれを運んで来ました。そこには鉛筆で「ざまあみろ」と書かれていました。

そのあいだ、フレデリックとその手下たちは風車のあたりで止まっていました。それを見ていた動物たちから、ああ、どうしよう、というささやきが伝わりました。二人の手下が鉄梃《かなてこ》と大ハンマーを取り出しました。風車を打ち倒そうとしているのです。

「やれるものか！」とナポレオンがさけびました。「そうならぬように壁をぶ厚くしたのだ。一週間かかっても倒せまい。勇気をだせ、同志諸君！」

しかしベンジャミンは手下どもの動きをじっと見ていました。ハンマーと鉄梃《かなてこ》をもった二人は風車の土台近くに穴を掘っています。ゆっくりと、そしてほとんどおもしろがっているようなようすで、ベンジャミンは長いはなづらをふってうなづきました。

「やはりそうか」とかれは言いました。「やつらの魂胆《こんたん》がわからんか？　いますぐに、あの穴に爆薬をつめこむつもりだぞ」

おそれおののいて、動物たちは待ちました。避難した建物のなかから思いきって飛び出していくことはいまはもうむりでした。数分後、人間どもが四方に走っていくのが見えました。それからドカーンと、耳をつんざく轟音がしました。はとたちが空中にまいあがり、ナポレオンをのぞいて、動物たちはみんな、地面にはいつくばり顔をかくしました。ふたたびかれらが起き上がったとき、大きな雲のような黒い煙が風車のあったところにたれこめていました。そよ風がゆっくりとそれを吹き払いました。風車はあとかたもありません！

このありさまを見て、動物たちの勇気がもどってきました。ちょっとまえまでは恐怖心と絶望にとらえられていたのでしたが、この言語道断《ごんごどうだん》な蛮行《ばんこう》を見て、怒りで消し飛んでしまいました。あだ討ちだ、という大きなさけび声があがり、さらなる命令を待つことなく、かれらは一丸となって攻撃にむかい、敵めがけてまっしぐらにつきすすんでいったのです。こんどは、あられのように頭上に降りかかるむごたらしい散弾をものともしません。それはきびしくはげしい戦闘でした。人間たちはくりかえし銃を放ち、動物たちが至近距離に来ると、こん棒や重いブーツで打ったりけったりして襲いました。めうし一頭、ひつじ三びき、がちょう二羽が殺され、ほとんど全員が怪我をしました。後方で指揮をとっていたナポレオンでさえ、散弾でしっぽのさきをもぎとられました。しかし人間も無傷ではありませんでした。三名がボクサーのひづめで頭を打ち割られ、一人がめうしの角で腹を突き刺され、一人がジェシーとブルーベルによってズボンをずたずたに引きちぎられました。そしてナポレオンを護衛する九ひきのいぬが、生垣のかげにかくれて迂回するように命ぜられていたのでしたが、かれらが人間たちの側面にあらわれて、はげしくほえたてると、人間たちはあわてふためきました。まずい、このままでは包囲されてしまう、とかれらは思いました。フレデリックは、退路があるうちに脱出するようにと手下たちにさけび、次の瞬間、臆病風《おくびょうかぜ》に吹かれた敵どもは、命からがら逃げていったのです。動物たちは、農場のはずれまでずっとかれらを追いかけ、人間たちがいばらの生垣を押し分けて出るときに、これが最後とばかりに、何発かかれらをけっとばしたのです。

動物たちは勝つには勝ちましたが、疲れはて、血を流していました。ゆっくりとかれらは農場にむかって足をひきずりながらもどりはじめました。草地に倒れている死んだ同志たちのすがたを見て、なみだを流すものもいました。それからしばらくのあいだ、いましがたまで風車が立っていた場所に、悲しく押しだまって足を止めていました。そうです、それは消えてしまったのです。あれほどみんなが力を注いだのに、その仕事の成果があとかたもなく消えてしまったのです！　土台さえも部分的には破壊されていました。そしてそれを建てなおすには、こんどは、以前のように、くずれ落ちた石を利用することはできません。こんどは石までもが消えてしまっているのですから。爆破の衝撃で、石は何百ヤードも遠くまで吹き飛んでしまったのです。まるで風車などはじめからなかったかのようでした。

かれらが農場に近づいたとき、なぜか戦闘のあいだにすがたを消していたスクィーラーが、かれらにむかって、しっぽをふり、満足そうににこにこして、ぴょんぴょんとはねながら近づいてきました。そして動物たちは、農場の建物の方角から、おごそかにドーン、という銃声がひびく音を聞きました。

「なんで銃を撃っているんだ?」とボクサーが言いました。

「われらの勝利を祝してだ!」とスクィーラーがさけびました。

「なんの勝利か?」とボクサーが言いました。ひざから血が流れ、蹄鉄《ていてつ》をひとつなくし、ひづめが裂けていました。うしろ足には十数発の散弾を打ち込まれていました。

「なんの勝利かだと、同志よ? 敵をわれわれの土地から追い出したではないか――動物農場の聖なる土地から」

「だがやつらは風車をこわしてしまった。二年がかりでやっとできたのに!」

「それがなんだというのか。またひとつ風車を建てればいい。その気になれば、六つの風車だってつくれる。同志よ、われわれが達成した偉業が君にはわかっておらぬようだね。敵はわれわれが立っているまさにこの土地を占拠していたのだよ。そしていましたではないか！」

――〈同志〉ナポレオンの御統率のおかげで――その土地を一インチも残らずとりもどしたではないか！」

「それなら、わしらがまえにもっていたものをとりもどしたということだ」とボクサーは言いました。

「それがわれわれの勝利なのだ」とスクィーラーが言いました。

動物たちは足をひきずりながら中庭に入りました。ボクサーの足は皮膚の下に散弾が食いこんでいて、それがずきずきと痛みました。かれは、これから先、風車を土台から建てなおす重労働があることを思い描いて、早くも頭のなかでその仕事のための心構えをしていました。しかし、わしはもう十一歳かあ、たくましい筋肉も、もうまえのようではないかもしれんなあ、という思いがはじめてかれの頭をよぎりました。

けれども、動物たちが緑の旗がひるがえるのを見て、祝砲がふたたび鳴るのを聞き――全部で七発ありました――またかれらの戦功《せんこう》をほめたたえる演説をナポレオンがするのを聞くと、結局のところ自分たちは大勝利を得たのであるという気がたしかにしてきたのでした。戦闘で殺された動物たちの葬儀がしめやかにとりおこなわれました。ボクサーとクローヴァーは、柩車《きゅうしゃ》にしたてられた荷車《ワゴン》を引き、ナポレオン自身は葬列の先頭に立って歩きました。まる二日間が祝賀に当てられました。歌があり、演説があり、さらに多くの祝砲が撃たれました。それぞれの動物にりんごが一個ずつ特別に配られ、ことりには穀類二オンス〔六グラム弱〕、いぬにはビスケット三枚が与えられました。そのたたかいは〈風車のたたかい〉と呼ぶことがきまったこと、ナポレオンが〈緑旗勲章〉という新しい勲章をもうけて、それを自分自身に授けたことが発表されました。こうして農場全体で祝賀行事にかかっていたものですから、紙幣をめぐるあいにくの出来事のことは忘れられてしまいました。

このことがあってから数日後、ぶたたちはおやしき《ファームハウス》の地下室にウィスキーが一箱あるのを見つけました。家を最初に占拠《せんきょ》したときに見逃してしまっていたのです。その夜、おやしき《ファームハウス》から大きな歌声が聞こえてきました。そのなかには、みんながびっくりしたことに、「イギリスのけものたち」の調べも切れ切れに混ざっていたのです。九時半ごろに、ナポレオンが、ジョーンズさんの古い山高帽をかぶって、裏口から出てきて中庭を全速力でかけまわり、ふたたび屋内に消えていくのが、はっきりと目撃されました。ところが朝になると、おやしきはしーんと静まりかえっています。一ぴきのぶたも動く気配がありません。九時近くになって、スクィーラーがすがたを見せました。ゆっくりと元気なく歩き、目はうつろで、しっぽはだらりとたらして、どう見ても重病のように見えました。かれは動物を集合させ、おそるべき知らせを伝えなければならないと言いました。〈同志〉ナポレオンが危篤《きとく》だ、と言うのです！

嘆きの声があがりました。おやしきの戸口の外側にわらが敷かれて、動物たちは抜き足差し足でそっと歩きました。目になみだをためて、われらの〈指導者〉に死なれたら、自分たちはどうしたらいいだろう、とたがいにたずねあいました。結局、スノーボールがナポレオンの食事にまんまと毒を盛ったのだといううわさが広まりました。十一時にスクィーラーがあらわれて、また発表をしました。〈同志〉ナポレオンは、今生《こんじょう》の最後の行為として、厳粛なる掟《おきて》を宣言された。すなわち、酒を飲むものは死刑に処する、という掟である。

しかしながら、夕方までにナポレオンはだいぶ持ち直したようで、翌朝、スクィーラーは、かれがかなり快方にむかっていると動物たちに伝えることができました。その日の晩までにナポレオンは仕事にもどり、翌日、ウィリンドンで醸造《じょうぞう》と蒸留《じょうりゅう》についての小冊子を何冊か買ってくるようにと、ウィンパーに言いつけていたことがわかりました。一週間後、ナポレオンは、果樹園のむこうの小牧場《パドック》を耕すようにと命じました。そこは、引退後の動物が草を食《は》むための放牧場にするためにとってておこうとまえにきめてあった場所です。そこは土地がやせてしまったので、また種をまく必要があるのだと発表されました。しかし、すぐにわかったことですが、ナポレオンはそこに大麦をまくつもりなのです。

おおよそこのころ、ほとんどだれにも理解できないような奇妙な出来事が起こりました。ある夜、十二時ごろ、中庭でドシーンと大きな物音がしました。それを聞いて動物たちはねぐらからぱっととびだしました。月明かりの夜でした。大納屋《おおなや》のはじの、〈七戒《しちかい》〉が書かれてある壁の足もとに、はしごがまっぷたつに折れて倒れていました。スクイーラーが、ちょっとのあいだ、気絶して、そのかたわらにのびていました。そしてすぐ手元には、ランタンと、ペンキの刷毛《はけ》と、ひっくり返った白ペンキの壺《つぼ》が落ちていました。いぬたちがすぐにスクイーラーをとりかこみ、かれが歩けるようになるとすぐにおやしきまで《ファームハウス》護送しました。いったいこれはどういうことなのだろうかと、動物たちはまったく見当がつきませんでしたが、ベンジャミンじいさんだけはべつでした。かれは、なるほど、そうか、といったようすで、はなづらをふってうなずき、わかっていたようですが、なにも言おうとしませんでした。

しかし、数日後、ミュリエルが〈七戒〉を自分で読んでいたときに、またひとつ、動物たちがまちがえておぼえていた文句があることに気づきました。第五戒《だいごかい》は、「動物は酒を飲むべからず」だと思いこんでいたのですが、そこに忘れていた語が二つあったのでした。じっさいには、そのきまりはこうなっていたのです。「動物は酒を飲むべからず、**過度には**」と。

第九章

ボクサーの裂けたひづめは直るのに長い時間がかかりました。動物たちは戦勝祝賀会が終わった翌日から風車を建てなおす仕事にとりかかりました。ボクサーは一日も仕事を休もうとせず、面目にかけて体が痛いのをほかのものに見せまいとしました。晩にクローヴァーにこっそりと打ち明けたのですが、ひづめが痛くてとてもつらいのでした。クローヴァーは薬草を噛《か》んで湿布《しっぷ》にしてかれのひづめに当ててやりました。そして彼女とベンジャミンがボクサーにあまりはたらきすぎないようにと言いました。「うまの肺は永久に長持ちするものじゃないわ」とクローヴァーはかれに言いました。しかしボクサーは聞こうとしません。自分のほんとうの念願はひとつしか残っていない――定年をむかえるまえに風車建設がじゅうぶん進むのを見届けることだ――そうかれは言いました。

動物農場の法律が最初に制定されたとき、定年はうまとぶたが十二歳、うしが十四歳、いぬが九歳、ひつじが七歳、にわとりとがちょうが五歳と定められていました。老齢年金をたくさん支給するということも申し合わせができていました。いまのところまだ、引退して年金を受給している動物はいませんでしたが、最近、この問題がますます論議されていました。果樹園のむこうの小牧場《パドック》が大麦のために割り当てられてしまったいま、大きな牧草地のかたすみを柵《さく》でかこって、老齢で退職した動物たちが草を食《は》む土地に変えられる、とうわさされました。うま一頭には年金は一日に穀類が五ポンド、そして冬には十五ポンドの干し草と、祭日にはニンジン一本か、あるいはリンゴ一個が支給されるだろう、というのです。ボクサーが十二歳の誕生日をむかえるのは、来年の夏の終わりでした。

そのあいだ、くらしはつらいものでした。冬は昨年と同様に寒くて、食糧不足がつのりました。ふたたび、すべての配給が減らされました。ただし、ぶたといぬは例外でした。スクィーラーが説明するところによれば、配給をあまり厳格に平等にしてしまうのは〈動物主義〉の諸原則に反するものであろう、と言うのです。いずれにせよ、ほかの動物たちにたいして、見かけがどうあろうとも、じつは食糧不足では**ない**ということを、かれは難なく証明してみせることができたのです。たしかに、暫時《ざんじ》配給の再調整を要するのではあるが(スクィーラーはいつも「再調整」と言い、「切り下げ」とはけっして言いません)、しかし、ジョーンズの時代と比較すれば、改善点ははかりしれない。かんだかい早口の声で数字を読み上げながら、スクィーラーはかれらに、ジョーンズの時代よりもオート麦も干し草もカブも生産量があがり、労働時間は短縮され、飲み水の質がよくなり、寿命がのび、幼児の生存率も増し、ねぐらのわらもふえ、悩ませるノミも少なくなったことを詳細に証明してみせたのでした。動物たちはその一言一句を信じました。本当のことをいうと、ジョーンズと、かれがあらわすすべてのことは、ほとんどかれらの記憶から消えてしまっていたのでした。かれらは、ちかごろのくらしがつらくてかつかつで、たいていひもじく、たいてい寒く、ねむっていないときはいつもはたらいていることを知っていました。しかしおそらく、昔のほうがひどかったのでしょう。そう信じられるのがかれらにはうれしかったのです。それに、スクィーラーがかならずそう指摘したように、あのころは、動物たちは奴隷《どれい》でしたが、いまは自由なのであり、そのところが大ちがいなのです。

いまは養うべき口の数が多くなっていました。秋には四頭のめすぶたがほぼ同時に出産し、あわせて三十一ぴきの子ぶたが生まれました。いずれも白黒のぶちで、ナポレオンが農場でただ一頭の子種をもつおすぶた《ボアー》でしたから、父親がだれなのか推し量ることができました。そのあと、れんがと材木を購入したら、おやしき《ファームハウス》の庭に教室を建てると発表されました。しばらくのあいだは子ぶたたちはナポレオン自身によっておやしきのキッチンで指導を受けました。かれらは庭で運動をし、ほかの動物の子どもたちと遊ばないようにと言われました。さらにこのころ、ぶたとほかの動物が道で出会ったら、ほかの動物はわきに寄らなければならないということがきまりとして定められました。そしてまた、すべてのぶたは、どの地位にいるものであれ、日曜日にしっぽに緑のリボンをつける特権をもつという規則もできました。

この年、農場はかなりうまくいきましたが、いまだにお金が不足していました。教室を建てるためにれんがや砂や石灰《せっかい》を買わなければならず、風車用の機械のためにまた貯金をはじめる必要もあります。それから、住宅内の灯油とロウソク、ナポレオン自身の食卓用の砂糖(砂糖は太るからという理由でほかのぶたたちには禁じていました)、そして道具、くぎ、ひも、石炭《せきたん》、針金、くず鉄、また犬用ビスケットも必要でした。干し草ひと山とジャガイモの収穫の一部が売却され、たまごの契約が週に六百個に増やされて、そのため、その年は、めんどりたちは自分たちの数を減らさないでおくだけのぎりぎりの雛《ひな》をかえすことしかしませんでした。配給は十二月に引き下げられたのですが、二月にさらにまた引き下げられ、畜舎《ちくしゃ》のランタンは油の節約のために禁じられました。しかしぶたたちはすこぶる快適にくらしているように見え、じっさい、どちらかといえば体重を増やしていたのでした。二月末のある昼すぎ、動物たちがこれまでかいだことのないような、あたたかく、かぐわしい、おいしそうな香りが、小さな醸造所《じょうぞうじょ》から中庭をとおってただよってきました。その醸造所はキッチンのむこうにあって、ジョーンズの時代につかわれなくなっていたものです。あれは大麦を煮ているんだよ、とだれかが言いました。動物たちはひもじそうに空気をくんくんかいで、夕食のためにほかほかの麦芽《ばくが》汁《じゅう》が用意されているのではないだろうかと思いました。ところがほかほかの麦芽汁などまったく出てこなくて、つぎの日曜日に、今後は大麦はすべてぶた専用とする、と発表されました。果樹園のむこうの畑にすでに大麦がまかれていました。そして、ニュースがすぐにもれ聞こえてきたのですが、それぞれのぶたは一日につきビール一パイントの配給をいまや受けることになり、ナポレオン自身は半ガロン〔四パイント〕、それがつねにクラウン・ダービーの深皿でかれに供される、ということになったのです。

しかし、いろいろと苦しみに耐えなければならなかったとはいえ、ちかごろのくらしはまえにくらべればたいそうりっぱなものになったのだということを思えば、少しは気がまぎれるのでした。歌がふえ、演説がふえ、行進がふえました。ナポレオンは、週に一度、〈自主デモ〉なるものを挙行すべしと命じました。その目的は、動物農場のたたかいと勝利を祝うことでした。きめられた時間に動物たちは仕事をやめて軍隊編成をとって農場の構内を行進してまわりました。ぶたが先導し、それからうま、うし、ひつじ、家禽《かきん》という順番です。いぬたちは行進のわきに並び、すべての先頭にナポレオンの黒いおんどりが行進しました。ボクサーとクローヴァーは二頭で緑の旗をかかげました。その旗にはひづめと角《つの》が描かれ、「〈同志〉ナポレオンばんざい！」ということばが記されていました。そのあと、ナポレオンを称えるために作詞された詩が朗誦《ろうしょう》され、スクィーラーが出てきて最近の食料生産高の増加を細かく報告し、祝砲が撃たれるときもありました。ひつじたちは〈自主デモ〉のもっとも熱心な支持者であり、これは時間の無駄で長時間寒いなかに立っているだけのことではないかと、だれかが不平を言ったりすると（ぶたやいぬがそばにいないときには、ときどき文句をいう動物も少しいたからですが）、ひつじたちが「よつあしいい、ふたつあしだめー！」とけたたましい鳴き声をたててかならずその発言者をだまらせてしまうのでした。けれども動物たちはおおむねこうしたお祝いを楽しみました。なんだかんだいって、自分たちがほんとうに自分自身の主人であること、自分がおこなう仕事は自分自身のためになるものであることを思い起こすのは、かれらには心地よいことだったのです。その結果、歌やら、行進やら、スクィーラーの数字の表だとか、祝砲のとどろきだとか、若いおんどりの鳴き声だとか、旗がはためくことなどで、はらぺこでしかたがないという状態を少なくともひとときは忘れることができたのです。

四月に、動物農場は〈共和国〉であることを宣言しました。それで〈大統領〉を選ぶことが必要となりました。候補者はただ一頭、ナポレオンで、全員一致でかれが選ばれました。おなじ日に、スノーボールとジョーンズの共謀《きょうぼう》について、これを詳細に示す文書が新たに発見されたと発表されました。スノーボールは、動物たちがまえに想像していたように、〈牛小屋のたたかい〉で策略を弄《ろう》して負けるように試みただけでなく、ジョーンズの側に立って公然とたたかっていた事実がいまや判明した。じつは、人間軍をじっさいに指揮していたのはスノーボールだったのであり、かれこそが、「人間ばんざい！」ということばを口にして突撃してきたのだというのです。スノーボールの背中の傷は、少数の動物たちがいまだにそれを見たことをおぼえているのでしたが、それはナポレオンががぶりとかみついてつけたものだというのです。

夏のなかごろに大がらすのモーゼズがとつぜん農場にふたたびすがたを見せました。何年もいなかったのが、まいもどってきたのです。まえとまったく変わっておらず、いまだになにも仕事をせず、〈氷砂糖山〉についてまたおなじ調子で語りました。切り株の上にとまり、黒い羽根をばたつかせて、耳をかたむけるものがあればだれであれ、何時間でも語るのでした。「同志諸君よ、ほら、あの上に」とかれはいかめしい調子で、大きなくちばしで空を指して言うのでした「あの上に、あすこに見える暗い雲のちょうどむこう側に――そこにあるのじゃ、〈氷砂糖山〉が。われわれ貧しい動物らが、労働から解き放たれて永久に安らぎをえることのできる、幸福の国があすこにある」と。自分は空高く飛んだときにそこに行ったことさえある、クローヴァーの畑が永遠につづき、アマニカスと角砂糖が生垣に生えているのを見てきた、とまで言うのです。多くの動物たちがこれを真に受けました。いまの自分たちのくらしは、ひもじくて、あくせくはたらくばかり、もっとよい世界がどこかほかにあるというのは、まっとうで正しい見方じゃないだろうか――かれらはそんなふうに思ったのです。なんとも判断しかねるのが、ぶたたちのモーゼズへの態度でした。かれらはみな、〈氷砂糖山〉についてのモーゼズのはなしはうそであると、さもくだらなそうに公言したのですが、それでも、かれが農場に居残るのを許したのです。かれははたらきもせず、一日に一ジル〔四分の一パイント〕のビールの配給を割り当てられていました。

ひづめがなおったあと、ボクサーは以前にもましてけんめいにはたらきました。じっさい、すべての動物がその年は奴隷《どれい》のようにはたらきました。農場のきまった仕事と、風車の建てなおしをべつにして、子ぶたたちの校舎を建てる仕事があり、それが三月からはじまりました。食うや食わずで長時間はたらくのは、時として耐えがたいことでしたが、ボクサーはけっしてひるみませんでした。その言動には、かれの力がかつてのものではないというしるしはまったく見られませんでした。少し変わったのは見かけだけでした。皮膚はかつてのようなつややかさがなくなっていましたし、おしりのあたりのたくましい肉はちぢんでしまったみたいでした。「春の草が生えてきたらボクサーも肥《こ》えるだろう」とほかのものたちは言いましたが、春が来てもかれは肥えませんでした。ときどき、石切り場のてっぺんにいたる坂道で、大きな丸石の重さに耐えて体をふんばらせているときに、かれがそこにふみとどまっていられるのは、わしはやりつづけるぞ、という意志をのぞいてはほかにないように見えました。そうしたときに、かれのくちびるが「わしはもっとはたらくぞ」ということばをかたちづくるのが見えましたが、いかなる声も残っていませんでした。もう一度、クローヴァーとベンジャミンは自分の体をいたわるようにと警告しましたが、ボクサーは聞き入れませんでした。かれの十二歳の誕生日が近づいていました。恩給退職になるまえにかなりの石をためることができさえすれば、どうなってもかまわないのでした。

夏のある遅い夕べ、ボクサーになにかが起こったというとつぜんのうわさが農場をかけめぐりました。ひとまとめにした石を風車建設の現場まで引いていくために、ただ一頭で出かけたのです。そしてたしかに、そのうわさはほんとうでした。数分後に二羽のはとが知らせをもって飛んできました。「ボクサーが倒れたよう！　よこに寝ていて、起きあがれないよう！」

農場の動物たちの半分ほどが、風車の丘にかけつけました。そこで、荷車の二本の轅《ながえ》のあいだにボクサーは倒れていました。首をのばしていますが、頭をもちあげることもできません。目はどんよりとし、わき腹は汗びっしょりです。口から血がひとすじ流れていました。クローヴァーがかれのかたわらにひざまずきました。

「ボクサー！」と彼女はさけびました。「あんたあ、どうしたのよう？」

「こりゃ肺だな」とボクサーがか細い声で言いました。「大したことはない。わしがいなくとも、みんなで風車を仕上げられるだろう。石はだいぶたまったからな。どのみち、わしは残りあと一月だった。本音を言えば、引退を楽しみにしていたのだ。それに、ベンジャミンも歳《とし》をとったことだし、あいつもいっしょに引退して、わしの連れになってくれるかなあ」

「すぐに助けがいるわ」とクローヴァーが言いました。「だれか、ひとっ走りしてスクィーラーに知らせてきておくれ」

ほかの動物たちはみな、ただちにおやしきまで《ファームハウス》かけだし、スクィーラーに知らせに行きました。残ったのはクローヴァーと、ベンジャミンだけで、かれはボクサーのわきによこたわり、なにもいわずに、長いしっぽでハエをはらってやっていました。十五分ほどして、スクィーラーがあらわれました。同情と心配を顔いっぱいにうかべています。かれは言いました――〈同志〉ナポレオンは、農場でもっとも忠実な労働者の部類に入るものに不幸な出来事がふりかかったことをお聞きになって、たいそう心を痛めておられる。それですでに、ボクサーをウィリンドンの病院で治療すべく手配してある。動物たちはこれを聞いてちょっと不安になりました。モリーとスノーボールをのぞけば、農場を出ていった動物はおらず、病に倒れたわが同志を人間の手にゆだねてしまうことなど、かんがえたくなかったのでした。しかしながら、ウィリンドンの獣医であれば、ボクサーの病気をこの農場でやるよりもずっとうまく治療できるのだとスクィーラーが説明したので、動物たちは簡単に納得してしまいました。そして三十分ほどして、ボクサーの容態が少しよくなったので、なんとか苦労して立ち上がり、よろめきながらも厩《うまや》までもどることができました。そこでクローヴァーとベンジャミンはちゃんとしたわらのねどこを用意してあげました。

次の二日間、ボクサーは厩にとどまりました。ぶたたちが浴室の薬箱のなかにあったピンクの薬の大びんを送ってきたので、クローヴァーは一日二回毎食後にボクサーにそれを飲ませました。晩に彼女はかれの厩に横たわり、かれに語りかけ、そのあいだにベンジャミンはつきそってハエを払ってやりました。ボクサーはこうなったことは残念に思っていないと言いました。うまく直れば、もう三年くらいは生きられるだろう。そうしたら、大牧場のかたすみでのんびりとすごすのが楽しみだな。勉強をして頭を鍛《きた》えるひまがはじめてもてるだろう。わしは余生をアルファベットの残りの二十二文字をおぼえることで費やすつもりだ。

けれども、ベンジャミンとクローヴァーがボクサーにつきそっていられるのは仕事が終わったあとだけでした。そしてかれをつれていくために箱馬車《ヴァン》がやって来たのは昼日中のことだったのです。動物たちみんなが、一頭のぶたに監督されてカブ畑の草とりをしていたとき、ベンジャミンが声をかぎりにいなきながら、おやしき《ファームハウス》のほうから全速力でかけてきたので、みんなびっくりしました。ベンジャミンが興奮するのをみんなが見たのは、これがはじめてでした。それどころか、かれが全速力で走るのも、これまでだれも見たことがなかったのです。「はやくはやく！　すぐにきてくれ！　ボクサーがつれていかれる！」そうかれはさけびました。ぶたの命令を待たずに、動物たちは仕事をやめて、おやしきにかけもどりました。たしかに、中庭には二頭引きの大きな箱型の馬車《ヴァン》がとまっています。馬車の側面には文字が書いてあり、御者席には低い山高帽をかぶった、ずるそうな顔つきの男がすわっていました。そしてボクサーの厩《うまや》は空っぽになっていました。

動物たちは箱馬車のまわりに群がりました。「さようなら、ボクサー！」とかれらはいっせいにさけびました。「元気でね！」

「ばかもの！　ばかものめが！」とベンジャミンがまわりをはね、小さなひづめで地面をけりながらさけびました。「このぼんくらどもが！　あの馬車のよこに書いてある文字が見えないのか？」

それで動物たちは間をおき、静まりかえりました。ミュリエルがそのことばのつづりを読みだしました。しかしベンジャミンは彼女をわきに押しのけて、ひっそりと静まり返ったなかで、読んだのです。

「『アルフレッド・シモンズ、馬肉処理業、膠《にかわ》製造、ウィリンドン。皮革《ひかく》、骨粉《こっぷん》。犬舎《けんしゃ》用馬肉配達』どういう意味かわからんのか？　やつらはボクサーを馬肉売り《ナッカー》につれて行くんだぞ！」

恐怖のさけび声がすべての動物からわきおこりました。この瞬間、御者台の男はうまにむちをあてました。箱馬車はパカパカと軽快にだく足《トロット》で中庭から走り出していきます。すべての動物が、声をかぎりにさけびながらあとを追いました。クローヴァーはみなを押しのけていちばんまえに出ました。馬車がスピードを速めます。クローヴァーは太った足で全速力《ギャロップ》に出ようとし、ゆるい駆け足《キャンター》になりました。「ボクサー！」彼女はさけびました。「ボクサー！　ボクサー！　ボクサー！」ちょうどそのとき、外の騒ぎが聞こえたかのように、鼻に白いすじがついたボクサーの顔が、箱馬車のうしろの小窓からあられました。

「ボクサー！」クローヴァーが引きつった声でさけびました。「ボクサー！　外に出て！　すぐに外に！　あんたを殺しにつれていくのよ！」

すべての動物が「飛び出せ、ボクサー、飛び出せ！」のさけびに声をあわせました。しかし、箱馬車はすでにスピードを増し、かれらを引き離していきます。クローヴァーのことばがボクサーにわかったのかどうか、定かではありません。しかし、一瞬のち、かれの顔が窓から消え、馬車のなかで、ひづめを打ちつけるものすごい音がしました。けやぶって外に出ようとしているのです。昔であれば、ボクサーがひづめで二、三回もけったら、こんな馬車などこっぱみじんになっていたことでしょう。でも、悲しいかな！　かれの体力はなくなってしまっていました。そしてすぐに打ち鳴らすひづめの音はか細くなり、消えてしまいました。必死になって、動物たちは箱馬車を引く二頭のうまにうったえかけはじめました。「同志よ、同志たちよ！」とかれらはさけびました。「おまえさんがたの兄弟を連れて行って死なせるようなことを、するんじゃない！」でも、おろかなけものたちは、あまりにも無知なために、なにが起こっているのかまったく理解できないものですから、ただ耳をうしろにかたむけただけで、ペースを速めたのでした。ボクサーの顔がふたたび窓にあらわれることはありませんでした。いまごろになって、そうだ、先回りして五本の横木の門を閉めてくればいいんだ、と思いついたものがいましたが、気づくのが遅すぎました。つぎの瞬間には、馬車はその門を通り抜け、あっというまに道のむこうに消えてしまいました。それっきり、ボクサーを見ることはありませんでした。

三日後、うまとしてできるかぎりの治療を受けたものの、ボクサーはウィリンドンの病院で死んだと発表されました。スクィーラーがそれをみなに伝えるために来ました。ボクサーの臨終に際して、自分は数時間つきそっていた、とかれは言います。

「わたしがかつて見たなかでもっとも感動的な光景であった！」とスクィーラーは、前足をもちあげてなみだをぬぐいながら言いました。「いまわのきわにわたしはかれのベッドのかたわらにいたのだった。そして息をひきとる直前、もう弱ってほとんどはなすこともできないのに、わたしの耳元にかれはささやいた――わしの唯一の悲しみは、風車の完成まえに逝《い》ってしまうことだと。『前進せよ、同志諸君！』とかれはささやいた。『〈反乱〉の名のもとに、前進せよ。動物農場ばんざい！〈同志〉ナポレオンばんざい！ナポレオンはいつでも正しい』同志諸君よ、それがかれのまさに最期のことばだったのだ」

ここでスクィーラーの態度ががらりと変わりました。かれはちょっとのあいだ押しだまり、ふたたびはなしを進めるまえに、その小さな目で、左右に疑り深いまなざしを投げかけました。

スクィーラーはこう言いました——ボクサーの移送のまえにばかげた悪しきうわさが流布していたことが自分の知るところとなった。ボクサーを連れ去った箱馬車《ヴァン》に「馬肉処理業」と記してあるのに気づいた動物が一部にいて、ボクサーが馬肉売り《ナッカー》に送られるとじっさいに早合点したものがおる。そのようなおろかな動物がいるとはほとんど信じがたいことである。たしかに——とスクィーラーはしっぽをさっとふり、左右にぴょこぴょことびはねながら、憤然としてさけびました——諸君の敬愛する〈指導者〉、〈同志〉ナポレオンがそんなことをされるはずがないと、みんなわかっているだろう? だが、説明すればそれはじつは単純至極なものである。馬車のまえの持ち主は馬肉売りであった。それを獣医が購入したのである。獣医は、昔のなまえをまだペンキで塗り消していなかった。それで勘違いが起こってしまったというわけだ。

これを聞いて動物たちは、ああ、よかった、とほっとしました。そして、スクィーラーがさらなる絵に描いたような細々《こまごま》とした描写をくわえて、ボクサーの死の床《とこ》のようす、かれが手あつい治療を受けたこと、そしてナポレオンが金に糸目をつけずに買った高価な薬について説明すると、かれらの疑いの念はすっかり晴れて、少なくともボクサーはやすらかに息をひきとったのだと思って、同志の死への悲しみが和らげられたのでした。

ナポレオン自身はつぎの日曜日の朝の集会にあらわれて、ボクサーをしのんで短い演説をおこないました。われわれの悼《いた》む同志のなきがらを農場に埋葬するために持ち帰ることは不可能であったが――とかれは言いました――おやしき《ファームハウス》の庭にある月桂樹《ローレル》の葉で大きな冠《かんむり》をつくって、ボクサーの墓前にそなえるように命じた。そして数日後にぶたたちはボクサーを追悼する宴会を催すつもりである。ナポレオンは演説のしめくくりに、ボクサーが好んでつかったふたつの格言「わしはもっとはたらこう」と「〈同志〉ナポレオンはいつでも正しい」を思い起こさせました。これらの格言は、動物全員が自分自身の標語として採用すべきものである、そうナポレオンは言いました。

宴会の当日に、食料品店の箱馬車《ヴァン》がウィリンドンから乗り付けて、おやしきに大きな木箱を届けました。その夜、騒々しい歌声がし、そのあとで、はげしいけんかのような音が聞こえ、十一時頃、ガチャーンと、ガラスの割れるものすごい音がして終わりました。翌日、おやしきのなかでだれもまったく動きませんでした。そして、こんなうわさが広まったのです。ぶたたちはどこからかお金を工面《くめん》して、ウィスキーをもう一箱買い入れたのだ、と。

第十章

年月がすぎました。四季がうつろい、動物たちの短い命がすぎさりました。やがて、〈反乱〉よりもまえの時代をおぼえているのも、クローヴァー、ベンジャミン、大がらすのモーゼズ、それに数頭のぶたぐらいしかいなくなりました。

ミュリエルは死にました。ブルーベル、ジェシー、ピンチャーは死にました。ジョーンズも死にました。かれは、この州のほかの地方にある酒乱《しゅらん》を収容する施設で死にました。スノーボールは忘れられました。ボクサーは、かれを知っていた少数のものをのぞけば、忘れられました。クローヴァーはいまでは年寄りのふとっためすうまとなっていて、関節が固くなり、目がしょぼしょぼしていました。引退する年齢《とし》を二歳すぎていたのですが、じっさいに引退した動物というのはじつは一ぴきもいなかったのです。歳《とし》をとって退職した動物たちのために牧場のひとすみをとっておくというはなしは、ずっと昔に消えてしまっていました。ナポレオンはいまや体重が二十四ストーン〔約一五〇キロ」もある成長しきったおすぶた《ボアー》となっていました。スクィーラーは太りすぎてしまい、目をちゃんとあけて見られないほどでした。ベンジャミンじいさんだけが、まえとあまり変わりませんでした。ただ、鼻づらのあたりにちょっと白いものが増え、ボクサーが死んでからあとは、まえよりもさらに気むずかしく、もっと口をきかなくなりました。

以前に予想されたほどではありませんでしたが、いまでは農場の動物の数がまえよりずっとふえました。多くの動物が生まれましたが、かれらにとっては、〈反乱〉は口伝《くちづた》えのおぼろげな伝説にすぎず、さらに、買われて来た動物たちは、ここに来るまえにはそのようなことを耳にしたこともなかったのでした。いま農場には、クローヴァーのほかに、うまが三頭いました。すらりとしたおすうまで、仕事好きでよき同志でしたが、たいへんおろかでした。そのうちのだれも、Bの文字より先のアルファベットをおぼえることができないのがわかりました。かれらは〈反乱〉と〈動物主義〉の諸原則についての教え、とりわけ、クローヴァーから教わることのすべてを受け入れました。クローヴァーのことをかれらはほとんど母親のように尊敬していました。でも、その教えをきちんと理解できているのかどうか、あやしいものでした。

いまでは農場はさらに繁栄し、よりよく組織されていました。ピルキントンさんから畑を二枚買って広げられてもいました。風車はついにしゅびよく完成しました。そして農場は自前の脱穀機《だっこくき》と干し草昇降機《しょうこうき》をもち、さまざまな新しい建物が増築されました。ウィンパーは専用の軽装二輪馬車《ドッグカート》を買い入れていました。けれども、風車は結局のところ発電にはつかわれていませんでした。それは製粉につかわれ、それでかなりお金がもうかりました。動物たちは風車をもう一基建てるのでけんめいにはたらいていました。それができたら、いよいよ発電機が取り付けられるというはなしでした。しかし、スノーボールがかつて動物たちに夢見るように教えた、電灯と冷温水のついた畜舎だとか、週三日労働などといったぜいたくは、もはや話題にものぼりませんでした。ナポレオンは、そんなものは〈動物主義〉の精神に反するけしからんかんがえだと言いました。真の幸福とは、勤勉にはたらき、質素にくらすことである。そうかれは言いました。

どういうわけか、動物たち自身が豊かにならずに、農場がまえより豊かになったかのようでした――ただし、もちろん、ぶたといぬはべつです。もしかしたらこれは、ひとつには、ぶたといぬの数が多すぎたためかもしれません。ぶたもいぬも、それなりに、はたらかなかったわけではありません。スクィーラーが飽《あ》くことなく説明していたように、農場の監督と組織管理には、なすべき仕事がかぎりなくあるのでした。その仕事の多くは、ほかの動物たちがあまりにも無知なので、理解できないようなたぐいのものでした。たとえば、スクィーラーは、ぶたが「ファイル」、「報告書」、「議事録」、「覚書」と呼ばれるなぞめいたもので毎日莫大《ばくだい》な労働量を費やさなければならないとかれらに説明しました。その書類は大判の用紙で、そこに文字を書き込まなければならず、記入がすんだらそれはただちに炉に入れて焼かれてしまうのでした。これは農場の安寧《あんねい》のために最高度に重要なものである、そうスクィーラーは言いました。それでも、ぶたもいぬも、みずからの労働によってはいかなる食物も生み出しませんでした。そして、かれらの数はひじょうに多く、かれらの食欲もつねに旺盛《おうせい》なのでした。

ほかの動物たちについては、かれらの知るかぎりでは、くらしはあいかわらずでした。たいていはらぺこで、わらのうえに寝て、池の水を飲み、畑ではたらきました。冬は寒さに苦しみ、夏はハエに悩みました。ときどき、かれらのなかの年長者がおぼろげな記憶をけんめいにたどって、ジョーンズを追放したばかりの〈反乱〉の初期に、くらしむきがいまよりよかったのか、悪かったのか、はっきりさせようとしました。でも思い出せません。いまのくらしと比べてみることのできるものがなにもないのです。よりどころになるものが、スクィーラーの数字の表のほかにはなかったのです。その表は、いつも変わらず、すべてが向上の一途をたどっている、ということを示しているのでした。この問題は解決できないのだな、と動物たちは思いました。いずれにせよ、いまではそのようなことにかんがえをめぐらせる時間などほとんどないのでした。ただ、ベンジャミンじいさんだけは、わしは自分の長い生涯のすべてを細かいところまでおぼえているが、世の中はそれほどよくも悪くもなっていない、これからもそうだ、飢えと苦労と失望というものがくらしの不変の法則なのだ、と言うのでした。

それでも、動物たちはけっして希望を捨てませんでした。それに、動物農場の一員でいるのが名誉であり、特別なことなのだという気持ちを一瞬たりとも忘れることはありませんでした。いまなおかれらは、この州ぜんたいで――いや、イギリスぜんたいで！――動物が所有し運営するただひとつの農場だったのです。かれらのだれもが、最年少のものでも、十マイルか二十マイル離れた農場から連れて来られた新参者でさえも、そのことを驚嘆してやむことがなかったのです。そして、礼砲がなりひびくのを聞き、緑の旗が旗竿《はたざお》にひらめくのを見るとき、かれらの胸は不滅の誇りの念でいっぱいになり、はなしはいつでも昔の英雄的な日々に、ジョーンズを追い出し、〈七戒《しちかい》〉を書き記し、人間の侵略者たちを打ち破った偉大なたたかいにむけられたのです。昔の夢で捨て去ったものなどなにもありません。メージャーが予言した、イギリスの緑の野を人間の足が踏まなくなったあかつきに生まれる〈動物共和国〉は、いまだに信じられていました。いつかその日はやってくるよ。すぐにじゃないかもしれない。いまいる動物たちが生きているうちにはむりかもしれない。でも、その日はいつかかならずやってくるよ。「イギリスのけものたち」のメロディでさえ、こっそりとあちこちで口ずさまれているのかもしれません。いずれにせよ、あえて声に出して歌うものはおりませんでしたが、農場のすべての動物たちがその歌を知っているのは事実なのでした。なるほど、たしかにかれらのくらしはつらく、かれらの希望がすべてかなったわけではありません。でも、ほかの動物たちとはちがうのだという気持ちがかれらにはありました。飢えることがあっても、それは横暴《おうぼう》な人間を食わせてやっているためではありません。あくせくとはたらいているにしても、少なくともそれは自分たち自身のためにはたらいているのでした。自分たちのなかのだれも、二本足では歩かない。だれもほかの動物を「ご主人さま」なんて呼ばない。すべての動物は平等なのだ。

初夏のある日、スクィーラーはひつじたちについてくるようにと命じて、農場のむこうはしにある荒地の一角に連れて行きました。樺《かば》の若木が生い茂っているところです。

ひつじたちは、スクィーラーの監督のもとで、日がな一日そこで葉っぱを食べてすごしました。晩にスクィーラー本人はおやしき《ファームハウス》にもどりましたが、陽気がいいので、ひつじたちにそこに残っているように言いつけました。結局、ひつじたちはそこにまる一週間居残ることになり、そのあいだはほかの動物たちはひつじをまったく見かけませんでした。スクィーラーは毎日ほとんどひつじにつきっきりでした。かれが言うには、新しい歌をひつじに教えていて、それはないしょにしておく必要があるのだそうです。

ひつじたちがもどってきてまもなくのこと、ある気持ちのよい夕方、動物たちが仕事を終えて農場の建物にもどってきたとき、きもをつぶしたうまのいななきが中庭から聞こえてきました。動物たちはびっくりしてその場に立ちどまりました。それはクローヴァーの声でした。彼女がもう一度ヒヒーンと鳴いたので、動物たちはみなおおいそぎで走り、中庭にかけこみました。そしてみんなはクローヴァーが見たものを見たのです。

ぶたが一頭、うしろ足で立って歩いているのでした。

そう、それはスクィーラーでした。そのしせいで大きなずうたいをささえるのにはまだじゅうぶんなれていないらしくて、いささかぎこちなかったのですが、しっかりとバランスをとって、中庭をゆっくり歩いています。そしてすぐそのあと、家の戸口からぶたがぞろぞろと列をなして出てきました。みんなうしろ足で立って歩いています。歩きかたのじょうずなぶたもいますが、すこしよろよろし、つえにすがりたいようすのぶたもいます。それでも全員が中庭をしゅびよくひとまわりしました。そして最後に、いぬのおそろしいほえごえと、黒いおんどりのかんだかい「コケコッコー」という声がして、ナポレオン自身が、ごうまんな目つきであたりを見まわしながら、どうどうと立ってあらわれました。けらいのいぬたちがそのまわりをはねまわっています。

かれは前足に鞭《むち》をもっていました。

あたりがしーんとしずまりかえりました。動物たちはびっくりし、ぞっとし、よりそって、ぶたの長い列がゆっくりと庭をまわってゆくのを見ていました。まるで世界がさかさまにひっくりかえってしまったかのようでした。それから、最初のショックが消え、たとえなにがあっても――いぬたちがおそろしかったし、また、なにが起ころうともけっして文句をいわない、けっして批判はしない、というのが長年にわたって習い性になってしまっていたのですが、それもかなぐりすてて――ひどいじゃないかと、抗議の声を出しかけたのです。ところがまさにそのとき、まるで合図があったかのように、ひつじたちがいっせいに、すさまじい声で鳴きだしたのです。

「よつあしいい、ふたつあし**めーっぽういい**！　よつあしいい、ふたつあし**めーっぽういい**！　よつあしいい、ふたつあし**めーっぽういい**！」

それはえんえんと五分間つづきました。そしてひつじの声がおさまったときには、抗議の声をあげる機会は消え去っていました。ぶたたちはおやしきに引《ファームハウス》きあげてしまっていたからです。

ベンジャミンがふと気づくと、自分の肩にだれかが鼻をこすりつけています。ふりむくとクローヴァーでした。彼女の老いた目はまえよりもいっそうかすんでしまったようです。なにも言わずに彼女はベンジャミンのたてがみをそっとひっぱって、〈七戒《しちかい》〉が書かれている大納屋のはじまで連れてゆきました。一、二分のあいだ、かれらは、白い文字が書かれたタール塗りの壁をじっと見つめて立っていました。

「あたし、目が見えなくなってきちゃってねえ」と、とうとうクローヴァーが言いました。「まあ、若い時分だって、あそこに書いてあるのを読もうとしてもだめだったんだけれどね。でも、あの壁の感じがなんだかちがって見えるの。〈七戒〉は昔と変わっちゃいないかしらね、ベンジャミン？」

こんどばかりは、ベンジャミンはきまりを破ることを自分に許して、壁に書いてあることをクローヴァーに読んであげました。いまや、〈戒律〉はたったひとつしかありませんでした。それはこう書かれていたのです。

すべての動物は平等である。
しかしある動物はほかの動物よりも
もっと平等である。

それからというものは、つぎの日に農場の作業を監督するぶたがみな前足に鞭《むち》をもっていても、ふしぎには思えませんでした。ぶたたちはラジオを買いもとめ、電話を取り付ける手配をし、『ジョン・ブル』や『ティット・ビッツ』、それに『デイリー・ミラー』[35]といった雑誌や新聞をとるようになりました。ナポレオンがパイプを口にして、おやしきの庭を闊歩《かっぽ》するすがたを目にしても、ふしぎとは思えませんでした。そう、ぶたたちが衣装だんすからジョーンズさんの衣服を引き出して身につけ、ナポレオンみずからが、黒いジャケット、乗馬ズボン、革のゲートルといったいでたちであらわれ、またかれのお気に入りのめすぶたが、ジョーンズさんのおかみさんが日曜日に着ていたウォータード・シルク[36]のドレスをまとってあらわれたときでも、ふしぎとは思えなかったのです。

一週間後の午後、何台もの軽装二輪馬車《ドッグカート》が農場に乗りつけました。近所の農場主たちの代表団が農場見学に招待されたのでした。農場内を案内された人間たちは、見るものすべてをほめ、とりわけ風車をたいそうほめたたえました。動物たちはカブ畑の草取りをしていました。みんな、地面からほとんど顔をあげることもなく、ぶたと人間のどちらのほうをずっとおそれてよいのかもわからず、精を出してはたらきました。

その晩、大きな笑い声と大きな歌声がおやしき《ファームハウス》からしました。それで、ぶたの声と人間の声がまざりあっているのを聞いて、なかでいったいなにが起こっているのかなあと、動物たちはとつぜん好奇心をおぼえたのです。なにしろ、動物たちと人間たちが対等の立場で会うというのはこれがはじめてなのです。いっせいにかれらは、なるべく音を立てないようにして、おやしきの庭のなかにそっとしのびよっていきました。

門のところでかれらは立ちどまり、進むのをなかば躊躇《ちゅうちょ》しましたが、クローヴァーが先に立って入りました。つま先立ちで歩いて家まで進み、のっぽの動物たちは食堂の窓からなかをのぞきこみました。そこに、長いテーブルをかこんで、六人の農場主と、六頭の地位の高いぶたがすわっていました。ナポレオン自身はテーブルの上座《かみざ》の特等席についています。ぶたたちはいすにこしかけてすっかりくつろいでいるように見えました。一同はトランプのゲームに興《きょう》じていましたが、いったんそれを中断したところでした。どうやら乾杯をするためのようです。大きな容器《ジャグ》がまわされ、ジョッキにビールがふたたびなみなみと注がれました。だれひとり、窓ごしになかをのぞき見る動物たちのけげんな顔に気づいていません。

フォックスウッドのピルキントンさんが、手にジョッキをもって立ちあがり、こう言いました。ここにおでましのみなさまに、これから乾杯をお願いしたいと存じます。ですがそのまえに、一言申し上げねばなりません。

長期にわたる不信と誤解がいまや氷解したことは、わたくしにとり、そしてたしかに、ご列席のみなさまにとりましても同様かと拝察いたしますが、まことに御同慶の至りに存じます。わたくしや、またここにおでましのどなたかが、そのような感情を持ち合わせていたというわけではございませんが、動物農場のりっぱな持ち主であられるみなさまにたいして、近隣の人間たちが、敵意とまでは申さずとも、あるいはいくばくかの疑念をもって、ながめていた時代がございました。あいにくの事件が出来《しゅったい》し、誤った観念が流布《るふ》しておりました。ぶたのみなさまが持ち主となって経営する農場が存在することが、どこか尋常《じんじょう》ではなく、近隣のものたちに動揺を来たしかねないと感じられたのでございます。あまりにも多くの農場主たちが、しかるべく調査もせずに、そのような農場には放縦《ほうじゅう》と無規律の蛮風《ばんぷう》がはびこっているにちがいないと、はなからきめつけてしまったのです。そうした人びとは、自分のところの動物や、また雇用しておる人間にまで悪影響をおよぼすのではあるまいかと、神経をとがらせておったのです。しかしながら、いまやそうした疑念は雲散霧消《うんさんむしょう》いたしました。本日、わたくしと友人諸賢は、動物農場をお訪ねし、この目ですみずみまで見学させていただきました。そしてわたしたちの目に入ったものはなんでありましょうか？　最新の方式を導入なさっているばかりか、規律正しく、整然としておられるご様子です。それはあらゆる場所のすべての農場主が模範とすべきものでございます。この動物農場の下層動物たちは、この州のどこの動物よりも多くの仕事をしており、またほかより少ない食糧を受け取っている、と申しても過言ではありますまい。じっさい、わたくしならびにご同行の諸兄は、自身の農場にいますぐにでも採り入れたいと願うような特質を、たくさん見せていただいたのです。

ピルキントンさんはさらにつづけます。ご挨拶《あいさつ》の最後に、わたくしは、動物農場と近隣農場とのあいだに現存し、また今後も維持すべき、友好的な感情をいまひとたび強調したく存じます。ぶたと人間のあいだには、いかなるものであれ、利害関係の衝突は皆無でありますし、そんなものが起こる必要もないのです。双方が目下直面し、鋭意取り組んでいる問題はひとつなのです。労働問題はどこでもおなじではありませんか？——ここで明らかになったのですが、ピルキントンさんは、あらかじめしゃれを仕込んできていて、それをこの場で一同に披露《ひろう》しようとしました。ところが、おかしさに自分で吹き出してしまって、しばしそのしゃれを言うことができなくなりました。クックッ、とのどをつまらせ、何重にもなったあごを真っ赤にしていましたが、そのあと、なんとかそれを言ってみせたのです。「貴兄らが対処すべき相手に下層動物あり。而《しこう》して、われらには下層階級あり！」この名言《ボン・モ》に一座はどっと笑いました。そしてピルキントンさんは、少ない食糧配給量と長い労働時間、また甘やかさずにきびしくする気風が動物農場全般に見られることについて、ふたたびぶたたちに賛辞を述べたのでした。

　最後にかれは言いました。それでは、みなさま、ご起立願います。お手元のグラスは満たされておりますか。「紳士諸君」と、ピルキントンさんは結びました。「紳士諸君、それでは、乾杯の音頭を取らせていただきます。動物農場の繁栄を祈念し、乾杯！」

熱狂的な拍手喝采《かっさい》と、どんどんと足を踏み鳴らす音が起こりました。ナポレオンはすっかりいい気持ちになったものですから、席を立ってテーブルをまわり、ピルキントンさんのジョッキと自分のをカチンと合わせて、それからごくごくと飲みほしました。喝采の声が静まると、ずっと二本足で立ちつづけていたナポレオンが、わたくしも一言申し述べたい、と言いました。

ナポレオンの演説がつねにそうであったように、このスピーチも簡にして要を得たものでした。かれは言いました。誤解の時期が終結したことは、わたくしとしましても恐《きょう》悦至極《えっしごく》に存じます。長きにわたり、奇妙な風説が立っておりました。それはある悪意をいだく敵が広めたものであるとみなす根拠があるのですが。すなわち、わたくしと、同僚たちの見解に、どこか破壊的なところがある、いや革命的でさえある、などという風説でございます。近隣の農場の動物を扇動して、反乱を惹起《じゃっき》することを策謀している、などというはなしが信じられておったのです。まったく根も葉もないうわさです！　いまも昔も、わたくしどもの願いはただひとつ、近隣のみなさまとともに、平和裏に、正常な取引関係を維持しつつ、くらしてゆくことでございます。光栄にもこのわたくしが管理をまかされております当農場は——とナポレオンはつけくわえました——ひとつの協同事業であります。ここの不動産権利証書は、わたくし自身が所有しておりますが、それはぶたたちの共同名義となっておるのです。

ナポレオンはさらに言います。昔の疑念はもはや残ってはおらぬかと存じますが、みなさまからの信用を高めていただくことをはかり、最近、当農場で慣例としていたことがらについて、多少の変更をくわえました。従来、農場の動物たちは、たがいを「同志」と呼びあうという、はなはだ愚劣な習慣を有しておりました。これを廃止することといたしました。さらにまた、起源は存じませぬが、庭の柱におすぶたのしゃれこうべがくぎで打ちつけられておりまして、毎週日曜の朝に、そのまえを行進して通りすぎるという、まことに奇妙な習慣がありました。これもまた廃止しました。しゃれこうべはすでに埋めてしまっております。お客さまがたには、旗竿《はたざお》にひるがえる緑の旗もごらんいただけたでしょうか。そうであれば、以前に見られた白いひづめと角《つの》がすでに除去されておることにお気づきになったのではありませんか。今後は、緑一色の旗となります。

ナポレオンはさらにつづけます。ピルキントンさんがいまなさった、いかにも隣人としてふさわしいりっぱなご発言に、一点だけ異議をとなえたく存じます。ピルキントンさんは、終始「動物農場《アニマル・ファーム》」とおっしゃいました。それはむろんご存知でないからでございましょうが――なんとなれば、わたくし、不肖ナポレオンが、いまここではじめてご披露申し上げるからですが――「動物農場」のなまえは廃止されました。今後は、この農場は「荘園農場《マナー・ファーム》」となります――これこそが、わたくしの信じるところ、正式な、本来の名称なのです。

「紳士諸君」とナポレオンが結びのことばを発しました。「わたくしもさきほどとおなじように乾杯の音頭をとらせていただきますが、こんどはちがうかたちにいたします。どうかグラスをたっぷりと満たしてください。紳士諸君、よろしいですか、荘園農場の繁栄を祈念し、乾杯！」

まえとおなじように「乾杯！」という大きな声が発せられ、ジョッキが飲みほされました。けれども、動物たちが外でこの場面をじっと見ていたとき、なにかおかしなことが起こっているように思えました。ぶたたちの顔がなんだか変なのだけれど、いったいどうしたのかしら？　クローヴァーの老いてかすんだ目は一頭のぶたの顔からべつのぶたの顔へと、うつってゆきました。あごが五重のものもいれば、四重のものもいる、三重のもいます。でも、溶けてゆき、変わってしまってゆくように思える、あれはいったいなんなのかしら？　それから、拍手喝采《かっさい》がおわると、一同はトランプをとって、中断していたゲームをつづけました。動物たちはそっとその場をあとにしました。

ところが、二十ヤードも行かないうちに動物たちは不意に立ちどまりました。おやしきのほうからけたたましい声が聞こえてきたのです。動物たちはかけもどり、もういちど窓から見ました。そうです、はげしいけんかがはじまっていたのです。どなり声、テーブルをたたくどんどんという音、するどい疑いのまなざし、「ちがう、ちがう!」と言いはる声。さわぎのもとは、ナポレオンとピルキントンさんがふたり同時にスペードのエースを出したことにあるようでした。

十二の声が怒ってさけんでいました。そしてその声はみんなおんなじようでした。いまや、ぶたたちの顔がどうなってしまったのか、疑いようはありませんでした。外から見ている動物たちは、ぶたから人間へ、人間からぶたへ、そしてぶたから人間へと目をうつしました。でも、もうむりです。どっちがどっちだか、見わけがつかなくなっていたのです。

おしまい

一九四三年十一月―一九四四年二月

訳　注

1 「品評会で入賞したミドル・ホワイト種のおすぶた」(the prize Middle White boar)。「ミドル・ホワイト(中型白色)種」というのは英国北部ヨークシャーで改良された白色豚の中型。中ヨークシャーともいう。ちなみにヨークシャー種は大(ラージ・ホワイト)、中(ミドル・ホワイト)、小(スモール・ホワイト)の三型がある。日本にも輸入されている。肉質がよく、精肉、加工に適する(大は加工用、中は精肉用)。「ボアー」(boar)とは去勢していない雄豚。つまり種豚のこと。精肉用の雄豚は商品価値の維持のために生後まもなく去勢(睾丸を切除)してしまい、生体重が六〇―七〇キログラムに発育した頃(だいたい生後半年で)殺されるのだが、ボアーであるがゆえにメージャーは寿命をまっとうできる。中ヨークシャーの成豚の生体重は二〇〇キロから二五〇キロになるから、メージャーも二〇〇キロを越えているのであろう。

「メージャーじいさん」(Old Major)の major は(英陸軍の)「少佐」、広義にはグループの「長」を意味する。

2 ボクサーはおそらく英国原産のシャイア種(Shire)に属する。体高(つまり地面からき甲までの高さ)は標準で十八ハンド(約一八三センチ)、体重は一トン前後(ちなみに競馬用のサラブレッド種は約一六〇センチ、四八〇キロ)、アラブ種やサラブレッド種の重量の倍はあり、馬としては世界最大。毛色は鹿毛、青鹿毛が普通で、青毛、芦毛もある。あしくびに白い房毛(フェザリング)が生え、ふさふさしている。また、顔面に目の上から鼻腔にかけて縦に白いすじ(ストライプ＝流星鼻梁白)が通っていることが多い。肩と背がたくましい。臀部も盛り上がっている。首は長く、やや湾曲し、額は広く、目は小さい。数百年前には軍馬として使われ、農用としても、機械にとって代わられるまでは、長期間にわたって使われた。動作は緩慢だが、その重量から想像できるように、シャイア種は非常に馬力がある。大き目のシャイアなら、五トンの荷を引くことができる。その馬力のわりに性格は柔順であり、調教が容易なことで知られる。

3　家畜ロバは野生のアフリカノロバに由来する。家畜化の起源地は北東アフリカと推定され、家畜化に貢献した野生種として現存するのがヌビアノロバとソマリノロバという二つの亜種だとされる。役用のロバとして、キプロス(Cyprus キプロス原産、体高約一三〇センチ)、シシリアン(Sicilian シチリア島原産、体高一四〇センチ)、ミニチュア(Miniature シチリア島とサルディーニア島原産、体高七〇－九〇センチ)、マジョルカン(Majorcan スペインのマリョルカ島原産、体高一五〇センチ)などがあるが、ベンジャミンの身体的特徴が細かく書かれているわけではないので、特定するのは難しい。原文ではロバにあたる語は「アス」(ass)でなく「ドンキー」(donkey)が使われている。通常はラバの生産用畜種であるポアトー(Poitou フランス原産、体高一四〇－一五〇センチ)がドンキーと呼ばれるようだが、オーウェルは特にポアトーに限定しているわけではないようである。大きさは品種によって異なるが、体高は九〇センチから一五〇センチ、体重は平均二六〇キロ。馬に比べれば非力でスピードもないが、耐久力は抜群である。長い耳が特徴的だが、これは体の熱を発散させ暑さを緩和するのに役立つ。痩せた土地でも栄養の乏しい草を大量に消化して体調を維持できる。また一日一回水を飲むだけで必要量を満たすことができ、乾燥した過酷な環境で体重の三〇パーセントの水分を失っても耐えられる。つまり粗食とわずかの水で生きていけるわけであり、それゆえに搬用家畜として重宝される。ただし、この家畜は、一度へそをまげると、てこでも動かなくなるというやっかいなところがある。その強情な性格は古代からよく知られており、すでに『イリアス』で強情者の比喩として使われているのが見える。

4 「モリー」(Mollie)は女の名でメアリー(Mary)あるいはミリセント(Millicent)の愛称。"(gun) moll"(ギャングの情婦)および "folly"(愚行)といった語を連想させる。

5 「二輪馬車《トラップ》」(trap)は通例一頭立てでばね付きの二輪の軽馬車。

6 モーゼズ(Moses)は英語圏の男の名として使われるが、旧約聖書に出てくるヘブライの預言者・律法家のモーセの英語名でもある。

7 「食用ぶたたち《ポーカー》」(pokers)は文字どおり「ポーク肉」用の豚。前述のように(訳注1)精肉用の雄豚は生後まもなく商品価値の維持のために去勢してしまう。

8 「クレメンタイン」はアメリカのポピュラー・ソングの「いとしのクレメンタイン」のこと。パーシー・モントローズ作の作詞作曲(一八八四年)とされるが、もとはアイルランド民謡だともいわれる。日本では「雪山讃歌」(「雪よ岩よ我らが宿り……」)で知られるメロディである。英語の原詩は一九世紀半ばのゴールドラッシュの時代を背景として、金鉱探しの娘クレメンタインを歌っている。「ラ・クカラーチャ」(La Cucaracha、オーウェルはLa Cucurachaと表記)も、軽快なメロディで広く親しまれている。これはメキシコの民謡。「クカラーチャ」とはスペイン語でアブラムシの意味で、メキシコ革命(一九一〇―一七年)の時代に兵士たちのあとを鍋釜さげてついて歩く女性たちがこう呼ばれた。また人気者の女性兵士たちを指すあだ名にもなった。今日ではこの歌はメキシコ革命を象徴する歌として知られている。この曲については、オーウェルが一九四〇年に出したパンフレット『ライオンと一角獣――社会主義とイギリス精神』のなかで以下のように述べている。

一年以内に、ことによると半年以内にでも、われわれ〔イギリス国民〕がまだ〔ナチス・ドイツに〕征服されてさえいなければ、われわれはかつて存在しなかった何か――イギリス独特の社会主義運動の勃興を見るであろう。これまであったものといえば労働党だけで、それは労働者階級が創り出したものではあったが、根本的な変革をめざしてはいなかったし、ドイツの理論をロシア流に焼きなおしたマルクス主義の方は、イギリスにはうまく根づかなかった。ほんとうにイギリスの民衆の心に触れるようなものはひとつもなかったのだ。イギリスの社会主義運動の歴史を通してみてもひとつとしてみんなが口にするような歌――たとえばラ・マルセイエーズとかラ・クカラーチャ――は生み出されなかった。もしイギリス土着の社会主義運動というようなものが現れれば、マルクス主義者たちは、既得権を握っている他のすべての連中と同じように、それを目のかたきにするであろう。(小野協一訳、『ライオンと一角獣――オーウェル評論集4』川端康雄編、平凡社、一九九五年、一〇一頁。強調は

原文）

9 「六号弾（number six shot）」は口径が六分の一ポンドの鉛球に相当する直径三六ミリの比較的大型の実包で、それに直径三ミリ足らずの散弾の粒が数百個入っている。

10 バークシャー（Berkshire）種というのはその名のとおり、もともと英国のバークシャーで精肉用に品種改良された豚。体重二〇〇－二五〇キロになる中型種。肉質はやや脂肪が多いが、精肉、加工ともに適し、日本でも明治期以来導入されている。被毛は黒色。ただし鼻面と足の先端、それに尻端部は白く（「六白」という）、また体にも多少白い斑点がある。体型はずん胴で短足、鼻も平たくて短く、耳が大きく立っている。この黒豚は他の種と比べてたしかに獰猛で我が強そうな風貌をしており、ナポレオンという名はいかにもふさわしい。もう一方のスノーボール（Snowball）は何種であるかということが書かれていない。しかしその名前（「雪玉」の意）は白色種を示唆しており、おそらくメージャーとおなじヨークシャー種と思われる。

11 「スクィーラー」（Squealer）。動詞 squeal（キーキーと金切り声を上げる、ブーブー、ギャーギャーいう）にちなむ名詞 squealer には「子豚」、「不平家」といった意味があるが、俗に「密告者」、「告げ口屋」を意味することもある。

12 「氷砂糖山」（Sugarcandy Mountain）という名前はアメリカのバラッド「大氷砂糖山」（Big Rock Candy Mountain）にちなむものであるのかもしれない。一九三〇年代頃に成立したと思われるこの歌は、アメリカのホーボー（渡り労働者）にとっての楽園が描かれており、そこではめんどりがゆで卵を産んだり、「煙草の木」が生えていたりする。

13　「ミッドサマー・イヴ」(Midsummer's Eve)は六月二十三日。ミッドサマー・デイ(Midsummer Day)すなわち「洗礼者ヨハネ(St. John the Baptist)の祝日」にあたる六月二十四日は、英国では伝統的に四季支払日(quarter day)のひとつであり、前夜祭とあわせて、各地で祭典が催された。日本ではおおむね梅雨の時期であるが、英国ではもっともよい季節といえる。

14　『ニューズ・オヴ・ザ・ワールド』(*The News of the World*)は一八四七年創刊の大衆的な日曜新聞。創刊当初から扇情的な記事を売り物にしている。

15　「旅行かばん《カーペットバッグ》」(carpetbag)はじゅうたん地製の旅行かばんで、十九世紀に欧米でよく用いられた。東洋のラグを素材にすることが多かった。

16　「端綱《はづな》」(halters)は馬や牛の口に(面繫《おもがい》に)つけて引く綱。「目隠し革」(blinkers)は馬が前方しか見えないように両側の視野をさえぎる革の装具(「遮眼革《しゃがんかく》」)。「飼い葉袋」(nosebags)は馬や牛の頭から口元につるす携帯用の飼料袋。飼い主の人間からすれば家畜を働かせながら簡単に餌を供給できて便利だが、家畜からすれば「屈辱的」な器具だということになる。

17　ヴィクトリア女王(Queen Victoria, 1819-1901)は英国女王(在位一八三七—一九〇一年)。「石版印刷」(lithography　磨いた平石を版材とした平版印刷)の技法は十八世紀末にオーストリアの印刷業者によって発明されたもので、イギリスでも十九世紀に中流階級の家庭で人気を博した。「〔馬の毛を材料にした〕馬巣織《ばすお》りのソファ」(the horsehair sofa)、「ブラッセルじゅうたん」(the Brussels carpet　十九世紀半ば以降に普及した機械織りじゅうたん)などと併せて、ジョーンズの「おやしき《ファームハウス》」のインテリアはヴィクトリア朝後期、あるいは遅くともエドワード七世時代(一九〇一—一九一〇年)の中流階級の家庭の趣味を反映している。この物語のなかでは十九世紀の種々の馬車が登場するものの、自動車がまったく言及されないことにも注意したい。

18 「七戒」(The Seven Commandments)という表現は、「十戒」(The Ten Commandments)すなわちシナイ山でモーセが神から授かったとされる十カ条の戒律をもじっている(旧約聖書出エジプト記第二十章参照)。

19 「ピルキントン」(Pilkington)はアングロ・サクソン系の姓(英国ランカシャーにこの地名がある)。「フォックスウッド」(Foxwood = きつね森)という農場名はきつね狩りの猟場を連想させ、みずから働く必要がなく「季節に応じて釣りや狩り」をして気楽に生活していられる上流階級の「ジェントルマン・ファーマー」(gentleman-farmer)が所有する農場の名前としてふさわしいといえる。一方の「フレデリック」(Frederick)はドイツ系の男子名(「平和の支配者」が原義)。神聖ローマ帝国やプロイセンの歴代の王・皇帝フリードリッヒを示す英語名でもある。かれの農場名の「ピンチフィールド」(Pinchfield)は「pinch = 難儀(苦しみ)の農場」という含みがあり、「世知辛くて抜け目ない」この農場主の管理下に置かれた動物たちの境遇を示唆している。

20 古典のテクストとして学校の教材にもよく使われていたユリウス・カエサル(ジュリアス・シーザー Julius Caesar, c. 100–44 B.C.)著の『ガリア戦記』(*De bello Gallico*, c. 50 B.C.)であろう。カエサルが指揮するローマ軍がガリアを攻略する際のさまざまな戦術が詳細に記述されている。

21 「よい人間というのは死んだ人間だけだ」。米国の軍人フィリップ・ヘンリー・シェリダン(Philip Henry Sheridan, 1831–1888)は、コマンチ族が降伏した際に首長から「よいインディアンもいる」と言われて、「よいインディアンというのは死んだインディアンだけだ」と返したと伝えられている。スノーボールの言葉はこの人口に膾炙した（人種差別的な）科白をもじっている。

22　「二輪馬車《ドッグカート》」(dogcart)は十九世紀によく見られた一頭立ての馬車で通例二輪。名前は上層階級の男が猟犬を載せて移動するのに使われたことにちなむ。

23　『農場主と畜産業者』(*Farmer and Stockbreeder*)。同名の農業関係の雑誌が実在した。一八六五年に創刊された週刊誌で一九八四年まで発行。その後『イギリスの農場主と畜産業者』(*British Farmer and Stockbreeder*)という誌名で継続。

24　「サイレージ」(silage)はサイロに貯蔵して醱酵させた牧草。「塩基性スラグ」(basic slag)は、塩基性製鋼法で出る製鋼の副産物で、肥料に用いられる。

25　「ミニマス」(Minimus)。「最も小さな者」が原義。

26　「軽二輪馬車《ガヴァネス・カート》」(governess cart)は左右両側にむかいあって座る軽二輪馬車。

27　「ウィンパーさん」(Mr Wymper)。"Wymper"という名は"whimper"（「めそめそ泣く」、「泣き言〔を言う〕」の意）という語に引っ掛けていると思われる。

28　「ブッシェル」(bushel)は乾量単位で約三六リットル。「半ブッシェル」（約一八リットル）の木箱だと中型のりんごが四十個ほど入る。

29　「黒ミノルカ種」(Black Minorca)。ミノルカ種は、スペイン領ミノルカ（メノルカ）島原産の鶏の卵用品種。黒、白、バフ（黄褐色）などがあるが、そのうちで最も一般的なのが黒色種（大きな冠と肉垂は赤色）。雌鳥一羽で年に一三〇―一五〇個産卵し、卵殻は白く、レグホーンより大きめ。この種はばたばたと飛び上がることがわりと多い。

30　「コクシジウム症」（Coccidiosis）。コクシジウム（球虫、coccidia）類は人間・家畜・家禽の消化管などの細胞内に寄生する胞子虫。鶏特有の寄生虫病「鶏コクシジウム症」は、重い病勢で進行すると多量の死亡を引き起こし、生産悪化を招くため注意を要するものとされる。

31　「箱馬車《ヴァン》」（van）は天蓋つきのボックス型の車両。

32　「クラウン・ダービー」（Crown Derby）は英国中部のダービーで十八世紀末から十九世紀半ばまでの期間に製造された磁器。Dの文字の上に王冠（英国王室認可の印）を配したマークがついている。

33　「ピンクアイ」（pinkeye）には「はやり目」（人間や家畜の目の伝染性の急性炎症）の意味がある。眼球やまぶたの裏が赤く炎症を起こす。そうした症状を思わせる目をしている豚なのであろう。

34　ベラドンナはナス科の中型の潅木の植物。紫赤色の花が咲き、黒い実がなる。アルカロイドを含み、根および葉は薬用原料。原文は“deadly nightshade”で、ベラドンナの英国名、字義どおりには「致命的な夜の闇」ということになる。一見無害に見え、照りのある黒い実はさくらんぼうを思わせ、味は甘いらしいが、きわめて有毒。それで「致命的」というわけである。

35　『ジョン・ブル』（*John Bull*）は英国の自由党議員でジャーナリストのホレイショー・ボトムリー（Horatio Bottomley, 1860-1933）が一九〇六年に創刊した愛国的な週刊誌。『ティット・ビッツ』（*Tit-Bits*）は英国の出版者・編集者のジョージ・ニューネス（George Newness, 1851-1910）が一八八一年に創刊した大衆的週刊誌(一九八四年休刊)。『デイリー・ミラー』(*The Daily Mirror*)は一九〇三年に創刊の英国の大衆的な日刊紙。

36　「ウォータード・シルク」(watered silk)は絹布製造の仕上げの過程でローラーで加工して、布面に波形模様を出した絹布(波紋絹布)。十九世紀英国で上層階級の女性が好んで使った生地のひとつで、コナン・ドイルの「独身の貴族」("The Adventure of the Noble Bachelor," 1892)など、シャーロック・ホームズ物にも出てくる。

執筆中のオーウェル．モロッコにて．1938-39 年頃．

【付録１】
出版の自由[1]

この本を最初に思いついたのは、中心となるアイデアにかぎれば一九三七年だったが、書き出したのは一九四三年も押しせまったころだった。書き出したときには（本不足で、本という名前がつけばなんでも確実に「売れる」という状況にもかかわらず）、これを出すのは非常にむずかしいだろうということが明らかになっていて、結局、四つの出版社に断られた。[2] そのうち、なんらかのイデオロギー的な動機があって断ってきたのは一社だけだった。[3] 二社はだいぶ前から反ロシア的な本を出していたのだし、もう一社は特に目立った政治色はなかった。じっさい、ある一社は、[4] 最初は受け入れておきながら、準備段階でいろいろと取り決めをしたあとになって、情報省に相談することに決めた。情報省は、これを出さないようにと警告をしたか、少なくとも強くそう勧めたようである。その出版社から来た手紙の一部を引いておく。

『動物農場』につきまして弊社が情報省の高官[5]より得た反応については、お伝え申し上げたとおりです。正直に申し上げて、こうした意見表明を受けて、弊社としては憂慮せざるをえなくなりました。……これをいま出版するのは軽率の極みという誹りを免れないことがわかってまいりました。この寓話の標的が独裁者全般、あるいは独裁制全般であったら、出版するのになんら問題はなかったことでしょうが、この寓話は、ロシア・ソヴィエトとその二人の独裁者[6]が歩んだ道筋と寸分たがわぬものですから、ほかの独裁制は問題にはならず、ロシアにしかあてはまらないものであると思われます。もう一点、この寓話で支配的な階層《カースト》が豚《ぶた》でなかったら、さほど挑発的なものとはならずにすんだでしょう。*思いますに、支配階層として豚が選ばれたことは、おそらく、多くの人々の気持ちを逆撫ですることでしょうし、とりわけ、いささか血の気が多い人間を怒らせてしまうことでしょう。血の気が多いといえば、おそらくロシア人がそうなのでしょうが[7]。

*このような修正案の示唆がこの某出版社じたいの考えなのか、情報省から発したものなのか、定かではない。しかし、どこかお役所くさいところが感じられる。〔オーウェルの注〕

こういうのは、あまりよい徴候ではない。公的な資金援助を受けていない本に一官庁がなんらかの検閲の圧力を加えるというのは(機密保持のための検閲は別で、戦時中であれば、それにだれも反対しないだろう)どう見ても望ましいことではない。しかし、いま現在、思想と言論の自由をおびやかす最大の敵は、情報省その他の政府筋による直接の干渉ではない。出版社や編集者がある種のトピックを印刷しないでおこうとする場合、それは訴えられるのが怖いためではなく、世論が怖いためである。この国では、作家やジャーナリストが直面すべき最大の敵は、知識人の臆病心なのである。この事実はちゃんと論じられてしかるべきなのに、ろくに議論されてこなかったように思える。

ジャーナリズムの世界にふれた経験があり、公平な判断ができる人であれば、この戦争中に、公的な検閲がそれほどうるさくなかったということを、だれもが認めるだろう。全体主義的な「協調」を強いられることも当然あるだろうと覚悟していたのに、それを受けずにすんでいる。出版界ではやむをえない不満も多少生じているものの、全体として政府の対応は立派で、少数意見にたいして驚くほど寛容だった。英国における文章の検閲で気持ちが悪いのは、それが主として自発的なものだという点である。特に政府が禁止をしなくても、評判の悪い思想を黙らせ、不都合な事実を隠してしまうことができる。外国に長く住んだ人であれば、それじたいの重要性からいっても大見出しで扱われて当然のセンセーショナルなニュースが、英国の新聞雑誌から締め出されてしまう場合があるということを知っているだろう。その理由は、政府の介入のためではなく、そうした事実にふれるのは「まずい」という世間の暗黙の合意のゆえなのである。日刊紙であればこれは理解しやすい。イギリスの新聞はごく一握りの人間の手に集中していて、たいてい金持ちの専有物なのであり、そうした連中にはいくつかの重要な問題について正直に語りたがらない理由がある。しかし、おなじようなヴェイルにつつまれた検閲が、演劇、映画、ラジオばかりでなく、本や定期刊行物でも作用している。いついかなるときにも、正統的教養《オーソドクシー》というものがある。それは、正しい思考の持ち主であれば疑いをはさむことなく受け入れるはずだとされている観念の束である。厳密には、あれこれのことを言ってはならない、と禁じられているわけではないが、ヴィクトリア朝中期にご婦人の面前でズボンと口にするのが「差し障り」があったのとちょうどおなじように、それを言うことは「差し障り」があるのだ。世間に広まっているこの正統的教養《オーソドクシー》に挑んだりしようものなら、その人は驚くほど効果的に口を封じられてしまうことを思い知る。そのときに人気がない意見は、大衆紙であれ、ハイブラウの定期刊行物であれ、まずまともに聞いてはもらえないのだ。

いま現在、世間に広まっている正統的教義が求めているのは、ソヴィエト・ロシアにたいする手放しの称賛である。みながこれを知り、ほとんどみながこれに基づいて行動している。なんであれ、ソヴィエト体制を真剣に批判しようとか、ソヴィエト政府が隠したがっている事実を暴露しようとすると、まず印刷してはもらえない。そしてじつに奇妙なことに、同盟国をほめそやそうという国をあげてのこの共謀は、純然たる知的な寛容精神を背景にして生じているのだ。というのは、ソヴィエト政府の批判はまかりならぬのであっても、少なくとも、自国の体制を批判するのはまずまず自由だからである。スターリンへの攻撃を印刷しようという者はほとんどいないだろうが、少なくとも本や定期刊行物でなら、チャーチル[8]を攻撃するのはそう問題ないのだ。そして戦争の五年間をとおして、そのうちの二、三年は、わたしたちは国の存亡をかけて戦っていたのだが、そのときでも妥協して講和を結ぶべしと主張する本やパンフレット、あるいは論説文が、なんの干渉も受けずに無数に出ていた。さらに、それが発表されてもさほど非難を浴びることはなかったのである。ソ連の威信の問題にふれなければ、言論の自由の原則はかなりよく守られてきた。発言を封じられている話題はほかにもあって、そのいくつかについてはこれからふれるが、現在まかりとおっているソ連にたいする身ぶりは、まことにもって、最も由々しき徴候なのである。それはいわば自発的なものであり、どこかの圧力団体の行動によるものではないのだ。

一九四一年以後、英国のインテリゲンチャのほとんどは、ロシアのプロパガンダをうのみにし、それをそのまま反復してきたのであり、その奴隷根性たるもの、以前に何度となくおなじまねをしているということがなかったら、じつに驚くべきことであっただろう。つぎからつぎへと物議をかもす問題が生じた際に、つねにロシアの見解を無批判に受け入れ、歴史的事実や知的な品位などまったく顧みずに、それを公表してきたのだ。ひとつだけ例をあげるならば、ＢＢＣ[9]は、赤軍創設二十五周年を祝う番組をトロツキーにまったくふれずに放送した。これはトラファルガーの海戦をネルソン提督にふれずに記念するのとおなじくらい的外れなことなのだが、英国のインテリゲンチャからはいかなる抗議も受けなかった[10]。さまざまな被占領国における内乱で、イギリスの新聞雑誌は、ほとんどすべての場合において、ロシアが好む党派にくみし、反対派を中傷した。ときにはそのために証拠資料を隠蔽したりもした。その最たる例が、ユーゴスラヴィアのチェトニクの指導者ミハイロヴィチ大佐の件である。ロシアは、ユーゴスラヴィアではチトー元帥に目をかけていたので、ミハイロヴィチがドイツ人と共謀していると非難した[11]。

イギリスの新聞雑誌はすぐさまこの非難を報じた。ミハイロヴィチ側は反論の機会を一度も与えられず、この非難と矛盾する事実はまったく印刷されることがなかった。一九四三年七月、ドイツはチトーの捕獲のために十万クローネの懸賞金を出すと発表し、ミハイロヴィチの逮捕にも同額の懸賞金を出すと述べた。イギリスの新聞はチトーへの懸賞金を「でかでかと書き立てた」のだが、ミハイロヴィチにふれたのは一紙のみ（それも小さな記事で）だった。そして彼がドイツ人と共謀しているという攻撃はあいかわらずつづいたのである。スペイン内戦のときにもこれとよく似たことが起こった。そこでもまた、ロシア人がつぶそうと決めた共和国側の諸党派は英国の左翼紙でめちゃくちゃに書かれ、そうした党派を擁護しようとする発言は、投書欄でさえも掲載を拒まれたのだった。目下、ソ連を真剣に批判するのは禁忌であるとみなされているのみならず、場合によっては、そのような批判が存在するという事実さえもが隠蔽されてしまう。たとえば、トロツキーは死の直前にスターリン伝を書いていた。それがまったく偏りのない本ではなかったことは想像できるが、売れそうな本であるのは明らかだった。アメリカの出版社がこれを出すことに決めて、印刷にかかった。書評用の見本刷りが配布されたはずである。するとソ連が参戦した。とたんにその本は発売中止となった[12]。こういう本があること、そしてそれが差し止められたことは、明らかに数パラグラフの記事にする価値があるにもかかわらず、イギリスの新聞雑誌にはこれまで一言も書かれていない。

英国文壇のインテリゲンチャが進んでみずからに課す検閲と、圧力団体が時折課す検閲とを区別することが重要である。悪名高い事実としては、「利権」がからんでいて論評できないトピックがいくつかある。最もよく知られた例は特許医薬品の騒動である。また、カトリック教会が新聞雑誌にかなりの影響力をもち、ある程度まで批判を握りつぶすことができる。イングランド国教会の牧師が不祥事を起こした場合(たとえばスティフキーの教区牧師[13]の例がそうだ)は大見出しで書き立てられるが、カトリックの司祭にかかわるスキャンダルはまず公にはならない。いかなるものであっても、反カトリック的な傾向が演劇や映画にあらわれることはめったにない。俳優ならみな先刻承知だが、カトリック教会を叩いたりからかったりするような劇や映画は、たいてい新聞雑誌でボイコットされ、失敗に終わってしまう。だがこういった類のことは、無害であるか、少なくとも納得できるものである。大きな組織であれば、自身の利益の擁護に汲々とするものであろうし、公然たるプロパガンダに文句を言ってもしようがない。『デイリー・ワーカー[14]』がソ連について好ましからざる事実を公表するなど、『カトリック・ヘラルド』[15]が教皇を非難するのとおなじく、考えられないことだ。だが、まともにものを考えられる人間なら、『デイリー・ワーカー』も『カトリック・ヘラルド』も、その実態がよくわかっている。気になるのは、ソ連とその政策がからんでくると、自説を曲げるように直接圧力をかけられたわけでもないのに、リベラル[16]な作家やジャーナリストたちから知的な批評が期待できぬということだ。ごくあたりまえの率直な意見さえ望めないことも多い。スターリンは神聖にして侵すべからざる存在で、彼の政策のいくつかの側面を真剣に論じることはご法度なのである。この掟《おきて》は一九四一年以来ほぼあまねく守られてきたが、それ以前の十年間にも作用していたのであり、それはしばしば考えられているよりも甚大なものだった[17]。その十年間を通して、左翼からのソヴィエト体制の批判は、よほど苦労をしなければ人に聞いてもらえなかったのだ。反ロシア的な文書は大量に出版されてはいたものの、保守派の立場からのものがほとんどで、見るからに不誠実で、時代遅れで、さもしい動機に基づくものだった。その一方で、おなじように大量の、ほとんどおなじように不誠実な親ロシアのプロパガンダが出回っていたのであり、すべての重要な問題を大人の方法で論じようとする者は、おしなべてボイコットされるという結果になった。たしかに、反ロシアの本を出版できないことはなかったが、出版すればハイブラウの新聞雑誌のほとんどすべてが無視してかかるか、誤って伝えるのが確実だった。公的にも私的にも、それは「差し障り」があると警告を受けたのだ。あなたが言うことは正しいのかもしれないが、それは「時宜を得ない」ものであり、あれこれの反動勢力の「思うつぼ」だというわけだ。通常はこうした態度を弁護するのに、国際情勢からいってイギリスとロシアの提携が急務なのでやむをえないのだ、と言われた。しかしこれは明らかに屁理屈というものである。英国のインテリゲンチャは、あるいはその大部分は、ソ連にたいしてナショナリズム的な忠誠心をいだくようになったあげくに、その心中では、スターリンの叡智に少しでも疑いをさしはさむことは一種の冒瀆だと思うようになってしまった。ロシアで起こったこととほかの場所で起こったことは、異なる基準で判断すべきだというのだ。一九三六年から一九三八年にかけての粛清による際限のない処刑が、死刑反対を生涯にわたって唱えている者たちから拍手喝采され、インドの飢饉は公表すべきだが、ウクライナの飢饉は秘密にすべし、ということになった。そして戦前がそのような状況であったとすれば、知的な雰囲気はいまもそうかわりばえしないのである。

だが、ここでわたしの本に話をもどそう。大半の英国の知識人による本書にたいする反応は、「出版すべきでなかった」というごく単純なものであろう。むろん、相手を中傷する手練手管に長けている書評家たちは、政治的な理由ではなく文学的な理由で攻撃してくることであろう。つまらぬ駄本であり、恥ずべき紙の浪費だと言うだろう。まあたしかにそのとおりかもしれないが、明らかにそれでは話はすまない。できの悪い本だというだけで「出版すべきでなかった」などとは言えない。なんだかんだいって、日々大量のくずが印刷されているのに、だれも気にはしていないのだ。英国のインテリゲンチャが、あるいはその大半が、本書に否定的なのは、彼らの〈指導者〉をけなしているからであり、(彼らの見方からすれば)進歩という大義名分を害するからなのである。もしこれが正反対だったら、文学的な欠点が現状より十倍も目立つものであったとしても、なにひとつ文句は言わなかったことだろう。たとえば、レフト・ブック・クラブ[19]が四、五年にわたって成功したのを見ると、自分の聞きたいことが語られているかぎりは、どんなに下品でぞんざいな文章であっても、じつに寛容であることがよくわかる。

　ここでかかわってくる問題はじつに単純なものだ。すなわち、すべての意見は、いかに世間で評判が悪くても――さらには、いかにばかげたものであっても――聞くに値するものなのかどうか、ということだ。このような聞き方をすれば、英国の知識人は、ほとんどすべて「イエス」と答えるべきだと思うだろう。だが、これを具体的なかたちにして、「スターリンへの攻撃についてはどうか。それでも聞くに値するものかどうか」と問えば、「ノー」と答えるほうが多いだろう。その場合は、目下の正統的教義《オーソドクシー》がたまたま攻撃を受けているのであり、したがって、言論の自由の原則は消えてしまうのだ。

さて、言論と出版の自由を求めるとき、なにも絶対的な自由を求めるわけではない。組織だった社会が存続してゆくかぎりは、ある程度の検閲がつねに必要だ。いずれにせよ、なくなりはしまい。だが、ローザ・ルクセンブルクが言ったように、自由とは「〈異なる考え方をもつ〉他者のための自由」なのである。[20]おなじ原則がヴォルテールの有名な言葉にもふくまれている。「君の言うことが大嫌いだ。だが、君がそれを言う権利をわたしは死を賭しても護る」と。[21]疑いなく西洋文明のきわだった特徴のひとつであった知的自由というものに、なにがしかの意味があるとするならば、それは、社会のほかの人びとを明らかに害するものでないかぎり、みずから真実であると信ずることを言い、出版する権利を万人が有するということなのである。資本主義デモクラシーも西欧社会主義も、最近までは、その原則を当然のものとみなしてきた。英国政府は、すでにふれたように、いまでもそれを尊重する姿勢を多少なりとも示している。市井《しせい》の人びとは――ひとつには、不寛容になるほどまで思想に関心がないためなのかもしれないが――いまだに「だれだって自分の意見を言う権利があると思う」とばくぜんと考えている。実践のみならず理論においてもこれを軽蔑しはじめているのは、まさしく自由の擁護者たるべき面々、文学と科学に関わるインテリゲンチャぐらいのもの、というのが言いすぎなら、とにかくそうした連中が中心なのだ。

わたしたちの時代に特有な現象のひとつは、変節した自由主義者《リベラル》である。「ブルジョア的自由」は幻想であるという、よくあるマルクス主義的な主張の上に、さらにその上を行って、いまや、民主主義を防御するには全体主義的な方法によるしかない、とする主張が蔓延している。民主主義を愛するならば、いかなる手段を弄してでもその敵を叩きつぶさねばならぬ、という理屈である。そしてその敵とは誰なのだろうか。つねにそれは、民主主義を公然と意識的に攻撃する者だけではなく、まちがった教義を広めることによって「客観的に」民主主義を危機におちいらせる者、ということになるようだ。言い換えると、民主主義を護るためには、思想の自立性というものをすべて破壊してしまってかまわないということになる。この論法はたとえばロシアの粛清を正当化するのにも使われた。どんなに熱烈な親ソ派であっても、粛清の犠牲者全員が、告発された罪状のすべてをほんとうに犯していたなどと真に受けることはほとんどなかった。だが、この犠牲者たちは、異端思想をいだいたことによって、体制を「客観的」に害したのであり、それゆえ、彼らを虐殺することも、虚偽の告発で名誉を傷つけることも、なんら問題はないとされたのである。スペイン内戦において、トロツキストや他の共和国側の少数派について、左翼系の新聞雑誌がことさらに書きたてていた嘘を正当化するのにも、おなじ論法が用いられた。そしてこれをふたたび、一九四三年にモズリー[22]が釈放されたときに、人身保護令に反対してわめく連中が持ち出してきたのである。

こうした手合いは、全体主義の方法を奨励するならば、自分のためにではなく、自分に不利なかたちでそれが使われるときが来るかもしれないということがわかっていない。ファシストを裁判なしで投獄する習慣を作ってしまうとしたら、そうした処置はファシストだけではすまなくなるのではあるまいか。『デイリー・ワーカー』の発禁処分が解除された直後に、わたしは南ロンドンの労働者向けの学校で講演をした[23]。聴衆は労働者階級と下層中流階級の知識人で、レフト・ブック・クラブの支部でよく見かけたような聴衆だった。講演で出版の自由にふれたのだが、話を終えると、驚いたことに、何人かの質問者が立ち上がって、『デイリー・ワーカー』の発禁処分の解除は大まちがいだと思わないか、と聞いてきた。どうしてかと聞き返すと、質問者たちは、あの新聞は忠誠心が怪しいものなので、戦時中は許すべきではないからだと言う。『デイリー・ワーカー』は一度ならずわたしを意図的に誹謗中傷したことがあるのだが、そう言われてわたしは思わずこの新聞を弁護してしまったのだった。本質的に全体主義的であるそうしたものの見方を、この人たちはいったいどこで覚えてきたのだろうか。ほかでもない、共産主義者から学んだことはまず確実であろう！　寛容と品位は英国に深く根付いているものであるとはいえ、破壊できないものではなくて、それらを生かしつづけるには、ひとつには意識的な努力を要するのである。全体主義的な教義を説いていると、あげくのはてには、自由な人びとが危険なものとそうでないものを見分ける本能を鈍らせてしまうことになる。モズリーの件がいい例だ。一九四〇年であれば、モズリーを拘留することは、厳密な意味で罪を犯していたにせよ、そうでないにせよ、まったく正しいことだった。国の存亡をかけて戦っているときに、国を売りかねない人間を自由にしておくわけにはいかなかったのである。だが一九四三年に、裁判にもかけずに彼を拘留するなど、言語道断だった。世間の人びとがこんなこともわからないというのは、悪い兆候だ。たしかに、モズリーの釈放に反対する動きは、ひとつには作為的なもので、もうひとつにはほかのもろもろの不満を合理化しようとしたものではあるのだが。しかし、ファシズム的なものの考え方を助長するような現在の傾向のどれほど多くが、もとをたどると、過去十年の「反ファシズム」と、それにともなう無節操に行き着くのであろうか。

当今のロシア崇拝は、西欧の自由主義の伝統が全般的に弱体化したひとつの兆候にすぎないと認識することが大事だ。情報省が口をはさんでこの本を発禁処分にしたとしても、英国のインテリゲンチャの大半は不安を覚えるようなことはなにもなかっただろう。ソ連への無批判の忠誠がたまたま現下の正統的教義《オーソドクシー》となっているのであり、ソ連の利益がからむとみなされるところでは、彼らは検閲のみならず、歴史の意図的な歪曲をも許してしまうのである。ひとつ例をあげよう。これはロシア革命の最初の日々を自分の目で見て伝えた本だが、『世界をゆるがした十日間』を書いたジョン・リード[24]が亡くなって、著作権がイギリス共産党の手にわたった。リードの遺言でそうなったのだと思う。数年後、イギリス共産党は、その本の原版をできうるかぎり完全に破壊して、歪曲版をでっちあげた。トロツキーにふれたくだりを削除し、レーニンが書いた序文まで削ってしまったのである。[25]もし急進的なインテリゲンチャがまだ一人でもイギリスに残っていたとしたら、この手の偽造行為はこの国のすべての文芸紙で暴露され、弾劾されていたことだろう。だがじっさいには、抗議はほとんど、あるいはまったくなかったのである。多くの英国の知識人にとって、そのような行為はごく当然のことのように思えたのだ。そして、あからさまな不正をこのように許してしまうのは、たまたまいま流行しているロシア礼賛よりもずっと由々しきことなのである。ロシア礼賛の流行など、おそらく長続きはしないだろう。ことによると、本書が出るころには、ソヴィエト体制についてのわたしの見解は、広く認められるものになっているのかもしれない。だが、そのことはそれじたいではなんの役にも立たないだろう。ひとつの正統的教義《オーソドクシー》を別の正統的教義と取り替えたからといって、それで進歩したことにはならない。そのときにかかっているレコードの曲に賛成しようが、反対しようが、とにかく敵は蓄音機的な性根なのである。

思想と言論の自由に反対する理屈だったら、わたしはすべて知っている――そんな自由は存在しえないと主張するものもあれば、存在すべきでないと説く理屈もある。それにたいしてわたしは簡単にこう答えよう――そんな理屈を並べても承服できない、過去四百年以上にわたるわたしたちの文明は、それとは正反対の看板をかかげて築かれたものなのだと。この十年間、わたしは、現存するロシアの体制がおおむね悪しきものであると確信してきたのであり、ぜひ勝利したいと思う戦争でわが国がソ連と同盟国であるという事実があるとしても、それを言う権利が自分にはあると言いたい。この立場を正当化する文章を選ばなければならないとしたら、わたしはミルトンの以下の詩行を選ぶ。

古《いにしえ》の自由の知られたる掟《おきて》によりて27

「古の」という語が強調しているのは、知的自由が伝統として深く根付いていて、それなくしてはわたしたちの独特な西欧文化の存在が怪しくなってしまうという事実である。明らかに、わが国の知識人の多くがその伝統から目をそむけているようだ。本を出版するか差し止めるか、称賛するか断罪するかは、その本じたいがもつ価値によってではなく、政治的な便宜にしたがってであるという原則を彼らは受け入れてしまっている。そして、この見解をじっさいには有していないほかの人びとも、ただ臆病風に吹かれて同調している。一例をあげるなら、英国には口やかましい平和主義者があれだけ多くいるというのに、ロシアの軍国主義への崇拝が横行していても、それにたいして反対の声をあげられずにいる。そうした平和主義者たちにすれば、すべての暴力は悪なのであって、彼らはこの戦争中、ことあるごとに降伏しろとか、あるいはせめて妥協して和睦をむすべと、求めてきたのだった。だが、赤軍がするのであっても戦争はやはり悪である、と言い切った者が、彼らのなかにどれほどいただろうか。ロシア人には自衛権があるようだが、どうやらわが国がおなじことをするのは大罪ということになるらしい。この矛盾を説明する方途はただひとつ。すなわち、大多数のインテリゲンチャがイギリスよりもソ連に愛国心をいだいており、そうした連中に迎合したいという、臆病な欲求によるものなのだ。英国のインテリゲンチャが臆病風に吹かれ、不正直であることの理由がたっぷりあることはわかっている。じっさい、彼らが自己正当化する理屈をわたしはそらでも言える。だが、少なくとも、ファシズムにたいして自由を守る云々といったたわごとは、もういいかげんにしようではないか。もし自由というものがなにがしかを意味するのであれば、それは人が聞きたがらないことを言う権利を意味する。ふつうの人びとは、ばくぜんとではあるが、いまだにこの原則に同意し、これにしたがって行動している。わが国では——どこの国でもおなじというわけではない。共和政のフランスはちがっていたし、今日の米国もちがうのだが——自由を恐れるのは自由主義者であり、知性に泥を塗りたがるのは知識人なのである。その事実に目をむけてもらいたいと思い、この序文を書いた。

訳注

1　本稿はおそらく『動物農場』の初版（セッカー・アンド・ウォーバーグ社、一九四五年）の序文のために書かれた。現存する校正ゲラのページ番号が示すように、その初版では校正段階でこの序文を入れるスペースがもうけられていたものの、結局収録されなかった。この序文のタイプ原稿は後年イアン・アンガスが発見した。初出は『タイムズ文芸附録』の一九七二年九月十五日号（バーナード・クリックの解説文「このエッセイが書かれたいきさつ（How the Essay Came to be Written）」が附されている）。これは『ニューヨーク・タイムズ・マガジン』一九七二年十月八日号にも採録された。タイプ原稿はオーウェル・アーカイヴ（ロンドン大学ユニヴァーシティ・コレッジ図書館）蔵。

2　出版を断った四社とは、ヴィクター・ゴランツ（Victor Gollancz）、ニコルソン・アンド・ワトソン（Nicolson and Watson）、ジョナサン・ケイプ（Jonathan Cape）、フェイバー・アンド・フェイバー（Faber and Faber）の四社。

3　「イデオロギー的動機」を有していたのは、ヴィクター・ゴランツ社。オーウェルの著作の出版契約があったため、社主のゴランツが出版したい類の本ではないだろうと推測しつつも、「お気に召さないだろうと思いますが」と断りつつ打診したところ、ゴランツは原稿を見せてほしいとオーウェルに要求した。一九四四年三月二十五日にオーウェルは原稿を送り、四月四日付の手紙でゴランツは、やはりオーウェルの推測どおりであったと謝って、断ってきた。

4　ジョナサン・ケイプ社。四月上旬にゴランツ社に断られ、同月中旬にニコルソン・アンド・ワトソン社に断られたあと、つぎにもちこんだケイプ社は最初は乗り気で、出版を前提にして話を進めていたが、以下に一部が引用される一九四四年六月十六日付の手紙で断ってきた。

5　ここでの(英国)情報省の高官とは、おそらくピーター・スモレット(Peter Smollett, 1912-80)で、一九三九年から四五年まで情報省のロシア部局長だった。この人物は、二重スパイのキム・フィルビー(Kim Philby, 1912-88)に登用されたソヴィエトのスパイであることが死後に判明した。キャロル・リード監督の映画『第三の男』(*The Third Man*, 1939)の脚本を担当したグレアム・グリーン(Graham Greene, 1904-91)は、脚本執筆に際して、この人物に取材したことが知られている。

6　スターリンとトロツキーを指す。ヨシフ・スターリン(Joseph Stalin, 1879-1953)はソヴィエト共産党中央委員、政治局員を歴任して一九二二年より党書記長、死ぬまでその地位にとどまる。一九二四年のレーニン没後、「一国社会主義論」を提唱し、トロツキー、ブハーリンらの政敵を排除、一九三六―三八年の大粛清で独裁体制を確立。一九四一年には人民委員会議長(首相)も兼任、第二次世界大戦では国防会議議長、赤軍最高司令官として戦争を指揮した。レフ・トロツキー(Lev Trotsky, 1879-1940)は一九一七年の十月革命後に外務人民委員、一九一八年に軍事人民委員となり赤軍を組織。レーニンの死後、「世界革命論」を提唱してスターリンと対立。一九二七年に党を除名され、二九年に国外追放処分、四〇年にメキシコでスターリンの刺客に暗殺された。

7　ジョナサン・ケイプ(Jonathan Cape)からレナード・ムーア(Leonard Moore)宛の一九四四年六月十六日付け手紙より。受取人のムーアはオーウェルの著作権代理人。手紙の全文はオーウェル・アーカイヴ(ロンドン大学ユニヴァーシティ・コレッジ図書館)蔵。

8　ウィンストン・チャーチル(Sir Winston Churchill, 1874-1965)はイギリスの政治家。第二次世界大戦前は対独宥和政策に反対の立場をとり、一九三九年の開戦とともに海軍相に就任。一九四〇年に挙国一致内閣の首相に就任。国防相を兼任し、戦争を最終的な勝利に導いた。戦争直後の一九四五年に総選挙に破れ辞職したが、一九五一―五六年に首相に再任。

9　BBC(イギリス放送協会 British Broadcasting Corporation)は一九二二年にロンドンでラジオ放送を開始したイギリス放送会社(British Broadcastiong Company)を前身とし、公共事業体として一九二七年に設立。一九三六年に世界に先駆けてテレビ放送を開始したが、テレビの普及は一九五〇年代以降であり、ここでの赤軍の記念番組ももちろんラジオ番組であった。

10　「赤軍」(Krasnaya armiya; 英 Red Army)はソヴィエト建国から第二次世界大戦までのソ連軍の呼称(正式には「労働者・農民赤軍」)。トロツキーは赤軍創設の最大の貢献者であり、一九一八年から一九二五年まで、軍事人民委員として、赤軍の指揮にあたった。トラファルガーの海戦は一八〇五年にスペインのトラファルガル(トラファルガー)岬沖でおこなわれたイギリス艦隊とフランス＝スペイン連合艦隊の海戦。提督ネルソン(Horatio Nelson, 1758-1805)が指揮するイギリス軍が勝利を収め、この戦いでネルソン自身は戦死したものの、国民的な英雄としての名声を確立した。

11　「チェトニク」(Chetnik)は一九四一年にドイツ軍がユーゴスラヴィアに侵入したあと、ドラジャ・ミハイロヴィチ(Draža Mihailović, 1893-1946)が中心となって組織したセルビア人の民族主義的抵抗組織。共産党のチトー(Tito, 1892-1980)は一九四一年にドイツ軍への武力抵抗を呼びかけ、同年から四五年まで人民解放軍(パルチザン)の総司令官となった。当時ユーゴスラヴィアに二つの抵抗組織が存在したわけであるが、ミハイロヴィチはセルビア主義・反共主義の立場にあったため、共産主義者のチトーと対立。ソヴィエトは当然チトーを擁護。一九四五年にチトーはユーゴスラヴィアの首相に就任(一九五三年まで)。チトー政権下の一九四六年にミハイロヴィチは逮捕、処刑された。

12　「アメリカの出版社」とは、ニューヨークのハーパー・アンド・ブラザーズ社。文献データは以下のとおり。Leon Trotsky, *Stalin: An Appraisal of the Man and his Influence*. Edited and Translated from the Russian by Charles Malamuth, New York and London: Harper and Brothers, 1941. これは発行年が一九四一年と記載されているが、オーウェルの説明のように、印刷されていながら発売中止となり、戦後の一九四六年にようやく書店に並んだ。その際に以下のような説明書きが添えられた。「本書はまさに真珠湾の災禍の時〔一九四一年十二月〕に刊行の準備ができておりましたが、版元によって戦争終結後まで発行が延期されました。敵意が過去のものとなったいま、ハーパー・アンド・ブラザーズ社は、歴史的に重要な資料を含むこの伝記が、以前に結ばれた契約に従って出版されるべきであると思う次第です」("Publisher's Note." 一九四六年三月十五日付)。邦訳版、トロツキー『スターリン』(全三巻)武藤一羊・佐野健治訳、合同出版、一九六七年。

13　スティフキーの教区牧師(Rector of Stiffkey)とは、ノーフォーク、スティフキーの教区牧師であったハロルド・デイヴィドソン(Harold Francis Davidson, 1875-1937)のことで、ロンドンのソーホーに足繁く通っていかがわしい行為をしていたとみなされて、一九三二年に聖職を剝奪された。その後映画館の余興や、海辺の歓楽地ブラックプールでビヤ樽に入って登場するなどの芸で生計を立てた。最期はそこでライオンに嚙まれ(医者の誤った治療によって)死亡した。スキャンダルが生じてから死ぬまでマスコミに追い回され、死後も何度か小説のモデルになった。

14　『デイリー・ワーカー』(*The Daily Worker*)は一九三〇年に創刊されたイギリス共産党系の大衆紙。一九六六年に『モーニング・スター』(*The Morning Star*)と改名した。

15　『カトリック・ヘラルド』(*Catholic Herald*)はイギリスの代表的なカトリック系の新聞。一八八八年にチャールズ・ダイアモンド(Charles Diamond, ?-1934)によって創刊された。

16　「リベラルな」の原文は Liberal と冒頭が大文字になっているが(以下も同様)、論旨からいって「自由党の」という意味ではなく、liberal すなわち「自由主義者」「進歩派」という程度の意味で使っていると思われる。

17　「一九四一年以来」とあるのは、一九四一年六月にドイツが独ソ不可侵条約を破棄してソ連に侵攻して、ソ連が連合国側に参戦する劃期となった年であるため。

18　「粛清」とは、ソ連のスターリン体制のもとで、「人民の敵」を追及するためと称して、一九三六年の第一次モスクワ裁判から一九三八年までなされたソヴィエト国家権力によるテロ行為。この「大粛清」で、共産党の幹部から農民にいたるまで、数百万人が逮捕され、数十万人が処刑されたとされる。

19　レフト・ブック・クラブ(Left Book Club)は、出版者ヴィクター・ゴランツ(Victor Gollancz, 1893-1967)、労働党政治家スタフォード・クリップス(Sir Stafford Cripps, 1889-1952)、ジョン・ストレイチー(John Strachey, 1901-63)らが一九三六年に創設。ゴランツ、ハロルド・ラスキ(Harold Laski, 1893-1950)、ストレイチーを選書委員として、レフト・ブック叢書を会員に頒布。最盛期には五万七千人の会員を擁した。読書クラブにとどまらず、研究会も各地で開催した。オーウェルの『ウィガン波止場への道』(*The Road to Wigan Pier*, 1937)はこの叢書の一冊として出されたが、ソヴィエト共産主義および「正統左翼」への歯に衣着せぬ批判をしているため、ゴランツがそれに反論する異例の序文を附した。一九四八年に消滅。

20　ローザ・ルクセンブルク(Rosa Luxemburg〔原文ではLuxembourgと綴られている〕, 1870-1919)はポーランド生まれのドイツの社会主義者・革命運動家。スパルタクス団、ドイツ共産党を組織。一九一九年に、社会主義革命派の武装蜂起に参加し、捕らえられて同志のカール・リープクネヒト(Karl Liebknecht, 1871-1919)らとともに虐殺された。主著に『資本蓄積論』(*Die Akkumulation des Kapitals*, 1913)などがある。なお、ここでオーウェルが英語で引用しているくだりは"〔Freedom is〕freedom for the other fellow."となっているが、これは彼女の名高い寸言“Freiheit ist immer nur die Freiheit des Andersdenkenden.”(自由とはつねに、異なる考え方をもつ人びとのための自由でしかない)をアレンジしたものと思われる。

21　ヴォルテール(François Marie Arouet Voltaire, 1694–1778)。フランスの文人・啓蒙思想家。『哲学書簡』(*Lettres philosophiques*, 1733–34)、『カンディード』(*Candide*, 1759)など。ヴォルテールに帰せられるこの名句のフランス語原文は“Je déteste ce que vous écrivez, mais je donnerai ma vie pour que vous puissiez continuer à écrire.”(「あなたの書くことは大嫌いですが、あなたが書きつづけられるために、わたしは命を捧げましょう」)。いかにもヴォルテールが言いそうな文句ではあるが、彼の著作には見当たらないようである。

22　オズワルド・モズリー(Sir Oswald Mosley, 1896–1980)は英国の政治家。一九二六年に労働党議員となったが一九三〇年に離党。ヒトラーとムッソリーニに共鳴して一九三二年にイギリス・ファシスト連盟(British Union of Fascists, 1932–40)を創設。一九三六年の再婚に際してはナチスの宣伝相ゲッペルスのベルリンの家で結婚式を挙げ、ヒトラーも来賓に加わったといわれる。第二次世界大戦勃発後、一九四〇年五月にファシスト連盟は政府によって非合法化されて解散、モズリーは妻および党員七百数十名とともに予防拘禁された。一九四三年に釈放されたが、終戦まで自宅監禁された。

23　親ソ的な『デイリー・ワーカー』(*Daily Worker*)紙(訳注14参照)は一九四一年一月二十一日から一九四二年九月七日まで発禁処分を受けた。オーウェルは一九四一年九月十日にロンドンのテムズ南岸ランベスにあるモーリー・コレッジ(一八八〇年代に創設された成人教育の施設)

で講演をおこなっている。聴講者とのやりとりはこの時のエピソードと思われる。

24　ジョン・リード(John Reed, 1887-1920)。米国のジャーナリスト・詩人。一九一七年にロシアに入国し、十月革命の現場に居合わせた。そのルポルタージュ『世界をゆるがした十日間』(*Ten Days that Shook the World*)を一九一九年に刊行。邦訳版、リード『世界をゆるがした十日間』(全二巻)原光雄訳、岩波文庫、一九五七年ほか。

25　オーウェル全集版の編者デイヴィソンによれば、イギリス共産党がそのような「歪曲版」(の単行本)を出したという証拠は見つからない。一九三七年に『ニューズ・クロニクル』(*News Chronicle*)紙がロシア革命二十周年を記念して『世界をゆるがした十日間』を連載する企画がもちあがった際、共産党は同書のトロツキーの言及をすべて削除することを採録許可の条件とした。オーウェルはこのエピソードと混同してこのように書いているのかもしれない。

26　この箇所はタイプ原稿では“And this tolerance or plain dishonesty . . . ”となっており、このまま読むと「そして、この寛容、もしくはあからさまな不正直は」となるが、デイヴィソンの示唆に従い、orをofのタイプミスと解する。

27　ジョン・ミルトン(John Milton, 1608-74)の『ソネット集』(*Sonnets*, 1664)第十二番の二行目。ちなみに、一九四四年八月に国際ペンクラブのロンドン・センターの主催により、言論・出版の自由を擁護したミルトンのパンフレット『アレオパジティカ』(*Areopagitica*, 1644)の刊行三百年を記念した会議(八月二十二―二十六日)が開催された際、オーウェルはこれに一日出席している。それにふれた一九四六年発表のエッセイ「文学の禁圧」(“Prevention of Literature”)でオーウェルはこう述べている。「発言(『表現の自由』という題で印刷された)を調べてみると、わたしたちの時代には、ミルトンが三百年前になしえたほどに、知的自由のためにきっぱりと発言できる人がほとんど一人もいないということわかる――しかも、ミルトンが書いていたのが内乱の時代だったという事実にもかかわらず、そのような体たらくなのである」。その『アレオパジティカ』の題扉には、エウリピデスの『救いを求める女たち』からの台詞がエピグラフとして引用されていて、その冒頭は「人民に助言を与えるべき自由に生まれたる者たちが／なにものにもとらわれず語る、これぞ真の自由」となっている。

上：英国初版本(1945)
下：ウクライナ語版(1947)

【付録2】
ウクライナ語版のための序文[1]

『動物農場』のウクライナ語版に序文を書くようにとの依頼である。思うに、わたしはまったく知らぬ読者にむけて書くわけだが、読者のほうもわたしのことを知る機会は少しもなかったことだろう。

この序文で、『動物農場』を書くにいたった経緯を述べることが期待されているのだろうと思うが、まずは、自分自身のことと、いまのような政治的立場にわたしを導いたもろもろの経験について、多少語っておきたい。

わたしは一九〇三年にインドで生まれた。父親は現地で英国政府の役人をしていた。[2] わたしの家は、軍人、牧師、官吏、教師、弁護士、医者などからなる、ありきたりの中流階級の家のひとつだった。[3] 教育はイートンで受けた。これは英国のパブリック・スクール*のなかでいちばん金がかかる、お高くとまった学校である。だが、わたしがそこに入れたのはひとえに奨学金のおかげで、それがなければ、父にはそんな学校にわたしをやる余裕はなかった。[4]

＊これは公立の「国民学校」ではなく、それとは正反対のものである。排他的で金がかかる寄宿制の中等学校で、全国に少数しかない。最近まで、そこに入れるのは金持ちの貴族の家の息子にほぼかぎられていた。十九世紀の成金の銀行家の夢は、息子をパブリック・スクールに押し込むことだった。そうした学校ではスポーツを最も重視し、それがいわば、尊大で屈強な紳士風のものの見方を形成する。こうした学校のなかでイートンはとりわけ名高い。ウエリントン公は、ウォータールーの勝利はイートンの運動場で決した、と述べたと伝えられている。[5] なんらかのかたちで英国を支配する人びとの圧倒的多数がパブリック・スクールの出身者であったのは、そう遠い昔の話ではない。〔オーウェルの注〕

学校を出てまもなく(まだ二十歳にもなっていなかった)ビルマに行き、インド帝国警察に加わった。これは武装警察で、スペインのガルディア・シヴィル〔治安警備隊〕やフランスのギャルド・モビール〔機動憲兵隊〕とそっくりの憲兵隊《ジャンダルムリ》のようなものだった。これに五年間勤務した。当時のビルマは民族主義的感情はそれほど目立たず、英国人とビルマ人の関係も特に険悪というわけではなかったが、わたしはこれになじめず、帝国主義を憎むようになった。[6] 一九二七年に休暇を得て英国にもどったとき、退職して作家になることに決めた。だが最初はまったく芽が出なかった。一九二八年から二九年にかけてパリに住み、短篇や長篇の小説を書いたものの、それを印刷してくれる人はいなかった(原稿はその後すべて処分した)。それからの数年間、その日ぐらしの生活を送り、たびたびひもじい思いをした。物書きの仕事でそこそこ食っていけるようになったのは、ようやく一九三四年になってからだった。それまでは、犯罪者も同然の貧乏人——最底辺の貧民窟に住んで、街頭で物乞いや盗みをはたらく連中——のなかに入って、何カ月もくらすようなことも時にはした。[7] 当時、わたしは文無しだったために彼らとかかわりをもったのだが、その後、彼らのくらしぶりそのものがたいへん興味深く思えてきた。数カ月間(今度はもっと組織的に)英国北部の炭鉱夫の境遇を調べることに費やした。一九三〇年まで、総じてわたしは自分を社会主義者とみなしてはいなかった。じっさい、わたしはまだ明確な政治的見解を持ち合わせていなかった。社会主義寄りの立場になったのは、計画された社会への理論的な称賛の念からというよりは、むしろ産業労働者の貧困層が抑圧され、ないがしろにされているありさまを見て、嫌悪の念をいだいたからなのだった。

一九三六年に結婚した。[8] それから一週間もしないうちにスペインで内戦が勃発した。[9] 妻もわたしもスペインに行ってスペイン政府のために戦いたいと望んだ。執筆中の本[10]を仕上げるとすぐ、半年で準備ができた。スペインでわたしはアラゴン戦線でほぼ半年を過ごし、それからウエスカで、ファシストの狙撃兵に喉を撃ち抜かれた。

その戦争の初期段階では、外国人は概して政府側の諸党派のあいだの内部抗争に気づかなかった。いろいろと偶然が重なって、わたしはほとんどの外国人とちがって国際旅団には属さず、POUM《ポウム》義勇軍に加わった。これはスペインのトロツキスト集団なのだった[11]。

それで、一九三七年の中ごろに、共産党がスペイン政府の支配権(というか部分的な支配権)を握って、トロツキストの弾圧を始めたとき、わたしたち二人は追われる身となった。わたしたちが生きてスペインから脱出できて、しかも一度も逮捕されずにすんだのは、ただただ運がよかったのである。仲間の多くは射殺され、長きにわたって投獄されたのもいれば、忽然と姿を消してしまった者もいた。

スペインでのこうした人狩りはソ連の大粛清と同時期に進行していて、大粛清の補遺のようなものだった[12]。スペインでも罪状はロシアとおなじで(つまり、ファシストと共謀したという罪状だが)、スペインにかぎってみれば、この告発は明らかに虚偽であると信じる十分な理由がわたしにはあった。こういう経験は、すべて貴重な実物教育だった。全体主義のプロパガンダが、民主主義の国々の進歩的な人びとの考え方をいかにやすやすと支配してしまえるか、それをわたしは思い知ったのである。

妻もわたしも、罪のない人たちが、ただ単に、異端の嫌疑を受けただけで牢屋に放り込まれるのを見た。だが、英国にもどってみると、分別があって情報通でもある数多の識者が、新聞雑誌が報道するモスクワ裁判のニュースの、陰謀、裏切り、破壊工作《サボタージュ》などといった、なんともばかげた説明を真に受けてしまっていたのである。

こうしてわたしは、ソヴィエト神話が西欧の社会主義運動に与える悪影響をこれまでになくはっきりと理解したのだった。

さて、ここでソヴィエト体制にたいするわたしの態度を述べなければならない。

ロシアに行ったことはないので、ロシアについてのわたしの知識はもっぱら本や新聞で得たものにかぎられる。そんな力があったとしても、ソヴィエトの内政問題に干渉する気などさらさらなかっただろう。スターリンとその一派を、単に野蛮で非民主的なやり口のためだけで糾弾するつもりもない。よかれと思ってやったとしても、ああした状況ではほかに手がなかった、ということも十分考えられるのだ。

だがその一方で、西欧の人びとがソヴィエト体制の実情をちゃんと見るというのが、わたしにはいちばん大事なことなのだった。一九三〇年以後、ソ連が真に社会主義と呼びうるものにむかっているという証拠は、わたしにはほとんど見出せなかった。それどころか、それが階層社会に変貌しつつある徴候が明らかに見えて、衝撃を受けたのである。かの地では、支配者たちは、他国の支配階級と同様に、おのれの権力を放棄する理由などもたないのだ。さらに、英国のような国の労働者とインテリゲンチャは、今日のソ連が一九一七年のそれとまったくちがったものになってしまっているということが理解できない。それはひとつには、彼らがそんなふうには思いたくない(つまり、本当の社会主義国がどこかに現実に存在していると信じていたい)からであり、もうひとつには、社会生活のなかで比較的自由と節度が保たれていることに慣れっこになっているものだから、全体主義が彼らにはまったく理解不能なものになっているからである。

だが、英国が完全な民主主義国ではないということを思い出さなければならない。英国は資本主義国でもあり、大きな階級的特権と(戦争で万人が平等になる方向にむかったが、そのあとでさえも)貧富の差がはなはだしい国なのだ。だが、それにもかかわらず、英国は、大きな衝突を起こさずに何百年も人びとがいっしょにくらしてきた国であり、そこでは法律は比較的公正で、公式のニュースと統計はおおむね信用でき、そしてこれまた大事なことだが、少数意見をもち、それを口外したとしても、生命をおびやかされるような目にはあわない。そんな環境にいれば、市井《しせい》の人びとは、強制収容所、集団強制退去、裁判なしの逮捕、出版の検閲などといったようなことを真に理解することはできないのだ。ソ連のような国について記事が書かれていれば、すべて自動的に英国の状況に置き換えて読んでしまうのであり、そのために、全体主義の宣伝の嘘をじつに無邪気に受け入れてしまうのである。一九三九年まで、さらにそのあとになってさえも、英国民の大多数は、ドイツのナチス体制の本性を見極めることができなかった。そしていまでも、ソヴィエト体制にかんして、おなじような幻想をいだいてしまっているのである。

これは英国の社会主義運動に甚大な損害を与えてきたのであり、英国の外交政策に由々しき結果をもたらした。じっさい、ロシアが社会主義国であって、その支配者たちのやることとなすことすべてが、模倣しないにせよ、許容すべきものである、という信念ほど、社会主義の本来の理念を腐敗させるのに大きく貢献をしたものはなかったとわたしは思う。

かくして、社会主義運動の再生をわたしたちが望むのであれば、ソヴィエト神話を破壊するのが肝心であるという確信を、この十年のあいだにわたしは強めてきたのである。

スペインからもどったわたしは、ほとんどだれにでも簡単に理解できて、他国語に簡単に翻訳できるような物語のかたちでソヴィエト神話を暴露することを考えた。しかしながら、その物語を具体的にどう語ってゆくか、それがしばらくのあいだ思い浮かばずにいたところ、ある日(当時小さな村に住んでいた)[13]、十歳ぐらいの小さな男の子が、巨大な輓馬《ばんば》を駆って狭い小道を進んでいるところに行き合わせた。馬が向きをかえようとするたびに鞭を当てている。そのときわたしはふとこう思った——このような動物が自分の力を自覚しさえすれば、わたしたちは彼らを思いどおりに操ることなどとうていできないだろう。そして人間が動物を搾取するやりかたは、金持ちがプロレタリアートを搾取するのと似た手口なのではあるまいか。

そこで、マルクス主義の理論を動物の観点から分析する作業にかかった。動物たちにとっては、人間同士の階級闘争などという考えは、明らかに幻想にすぎない。なにしろ、動物を搾取しなければならないとなれば、いつでも、すべての人間が一致団結して動物に敵対するのだから。真の闘争は動物と人間のあいだにある。これを取っ掛かりにして、物語を練っていくのはむずかしくなかった。ようやく書き出したのが一九四三年のこと。

それまではずっとほかの仕事に追われていて、暇がなかったのである[14]。そして最後に、執筆中に起こったテヘラン会議[15]のようないくつかの出来事を加えた。かくして、物語の大筋は、じっさいに書き出す六年前からわたしの頭のなかにあったということになる。

この作品についてあれこれと注釈をはさみたくない。それじたいで語っていなければ失敗なのだ。ただ、二点ほど強調しておきたい。第一に、さまざまなエピソードをロシア革命の史実から採っているにせよ、それらは図式的に扱い、時間の順序も変えてある。物語の均整を図るためにそうする必要があった。第二点は、わたしがうまく強調できなかったせいかもしれないが、ほとんどの評者が見誤ってきたことだ。この本を読み終えたとき、豚と人間がすっかり和解して終わるという読後感をもつ人が多くいる可能性がある。それはわたしの本意ではなかった。それどころか、大きな不協和音で終えたつもりなのである。というのは、これを書いたのはテヘラン会議の直後で、これによってソ連と西欧のあいだに願ってもない友好関係が築かれたとみんな思ったのだった。わたしは個人的には、そのような良好な関係が長続きするはずはまずあるまいと踏んでいたのである。ことのなりゆきを見るなら、わたしはそれほどまちがってはいなかった[16]。

これ以上なにか付け加える必要があるだろうか。わたし個人のことでさらに知りたいと思われる向きがあるなら、こう付け加えよう。わたしは妻に先立たれたやもめであり、まもなく三歳になる息子が一人いて、物書きを生業《なりわい》としている。[17] また、開戦当初から主にジャーナリストとして働いてきた。

定期刊行物で常連としていちばん多く書いているのは『トリビューン』[18]、これは大まかに言えば労働党の左派を代表する、社会・政治問題を扱う週刊紙である。自著のなかで一般の読者にいちばん興味をもってもらえそうなのは(この翻訳の読者がこれらの本を入手できればのはなしだが)、『ビルマの日々』(ビルマについての物語[19])、『カタロニア讃歌』(わたしのスペイン内戦の経験に基づく[20])、そして『批評論集』(主として現代英国の民衆文学についてのエッセイをまとめたもので、文学的見地よりは社会学的見地からより有益なもの[21])である。

訳注

1　本稿は『動物農場』のウクライナ語版のために一九四七年三月に書かれた。その版は第二次世界大戦終結後に英米の管理下にあったドイツの難民キャンプでくらすウクライナ人にむけられたもので、一九四七年十一月にミュンヘンで刊行、ウクライナ難民協会が頒布した。これを企画し、みずから翻訳したアイハー・シェフチェンコ(Ihor Szewczenko)の一九四七年三月七日付のオーウェル宛の手紙で説明されているように、この難民はかつて十月革命を支持したものの、「スターリンの反革命のボナパルティスム」と「ロシア人によるウクライナ人の民族主義的な搾取」に異を唱えるようになった農民や労働者たちだった。これらの人びとのために、シェフチェンコはオーウェルに序文の特別寄稿を求めた。この序文の英語の原文は失われた。この訳文は、ウクライナ語からの英訳(ピーター・デイヴィソン編による全集版およびペンギン版所収の版)から訳出したものである。オーウェルはこのウクライナ語版の印税を要求しなかった(ペルシャ語版やテルグ語版についても同様で、ロシア語版は出版費用を彼自身が負担している)。

一九四七年九月二十日にオーウェルはジュラ島から友人の作家アーサー・ケストラーに宛ててこう伝えている。「彼ら〔ウクライナの難民たち〕は最近わたしの『動物農場』の翻訳を出しました。印刷も本の造りもまずまずで……翻訳の出来もいいようです。彼らから最近得た情報によると、ミュンヘンのアメリカ軍当局がそのウクライナ語版を千五百部没収し、ソ連側の本国送還係に引き渡してしまったとのこと。それでも、およそ二千部がすでに難民の手に渡ってしまったようです」。

2　父親のリチャード・ウォルムズリー・ブレア(Richard Walmesley Blair, 1857-1939)はインド植民地の阿片局の役人を一八七五年から一九一二年まで務めた。父親の勤務の関係でオーウェル(本名はエリック・アーサー・ブレア Eric Arthur Blair)は一九〇三年六月二十五日にベンガルのモティハリで生を享けた。

3 オーウェルは『ウィガン波止場への道』のなかで、自分が「ロウワー・アッパー・ミドル」(lower upper middle)の出身であると述べている。アッパー・ミドル(上層中流階級)のなかで下のほうという細かい区分である。それをふくむくだりを以下に引いておく。

わたしはロウワー・アッパー・ミドルとでも呼びうるような階級に生まれた。アッパー・ミドルが最高潮にあったのは一八八〇年代から九〇年代にかけてのことで、キプリングがこの階級の桂冠詩人ともいうべき存在だったのだが、ヴィクトリア朝の繁栄の潮が引くと、一種の残骸の山のように置いてきぼりをくってしまった。あるいは、比喩を言いかえて、山でなくて層と称した方がいいかもしれない――年収二千ポンドから三百ポンドの間に位置する社会層である。わたし自身の家はその最底辺からさほど離れていなかった。金銭面でこの階層を定義していることに読者はお気づきだろうが、そうしたのは、理解してもらうのにはいつでもそれがいちばん手っ取り早いやり方だからだ。それにもかかわらず、イギリスの階級制度の肝心なところは、金銭によっては完全に説明しきれないという点なのである。……この階級の人々は土地を所有していないが、神の目から見れば地主も同然だと感じ、商人になるよりもむしろ専門職や軍人の職に就くことによって貴族もどきの態度をとりつづけた。子どもたちは皿にのったスモモの種を数えながら、「陸軍、海軍、教会、お医者、弁護士(Army, Navy, Church, Medicine, Law)」と唱えて将来を占ったものだ。このなかでさえ、「お医者」は他よりちょっと劣っていて、口調を合わせるために入れたのにすぎない。年収が四百ポンドでアッパー・ミドルに属するというのは奇妙なことだ。その人の紳士の身分がほとんど純粋に理論上のものとなっているからだ。いわばその人は同時に二つのレヴェルでくらしていた。理論上は、召使いについて一通り知っていて、チップのやり方もわかっているものの、現実には住み込みの召使いは一人か、せいぜい二人しかもてない。理論上は、服の着こなしやディナーの注文の仕方を知っているが、現実にはまともな仕立屋やまともなレストランに行く余裕は決してない。理論上は、射撃や乗馬を知っているが、現実には乗るべき馬をもたず、狩猟をする土地も一インチだってない。(『ウィガン波止場への道』第八章)

4

イートン校(Eton College)は一四四〇年にヘンリー六世によって創設された。オーウェルはここに一九一七年五月に入学、一九二一年十二月に卒業した。生徒は七十人の「国王の給費生(King's Scholars)」(学寮に住むので「コレッジャー」(collegers)と呼ばれた)と、校外に下宿する「オピダン」(oppidans オーウェルの入学時は九百人ほどいた)に分かれた。「オピダン」の学費が年額百ポンドなのにたいして、給費生は授業料、寮費、設備費などを合わせて二十五ポンドですんだ。オーウェルはこの恩恵を受けた。

オーウェルの家庭の経済状況は、幼年期、父親がインド植民地の官吏であった期間は年収がおよそ六百五十ポンド。これは労働者階級の家庭の収入の五、六倍はあり、単身赴任のインドから英本国に住む母子(姉と妹がいた)に仕送りをして、中流階級としてまずまずのくらしを送れる額ではあった。その後一九一二年一月に父親は定年退職して帰国、年金生活者となった。年金額は五百ポンドほどだった。この収入では正規の学費でイートンに入る余裕はなく、プレパラトリー・スクール(パブリック・スクールを進路とする初等学校)で勉強にはげみ、奨学生選考試験を受けて合格しなければならなかった。そのプレパラトリー・スクール(英国南部イーストボーンにあるセント・シプリアン校。一九一一年五月から一九一六年十二月まで、七歳から一三歳まで五年半在籍)でも彼は特待生で、学費を半額に減免されていた。

5　「ウォータールー(ワーテルロー)の戦い」(the Battle of Waterloo)は、一八一五年六月にイギリス・オランダ連合軍とプロイセン軍が、フランス皇帝ナポレオン一世率いるフランス軍を破った戦い。英軍の総司令官のウェリントン公アーサー・ウェルズリー(Arthur Wellesley, 1st Duke of Wellington, 1769-1852)が「ウォータールーの戦いの勝利はイートンの運動場で勝ち取られた」と本当に言ったのかどうか、真偽は定かでないものの、これは十九世紀中ごろから流布していて、オーウェルは『ライオンと一角獣』(*The Lion and the Unicorn*, 1941)などでもこれに言及している。パブリック・スクールのスポーツ(ここではクリケット)で養った克己心、忍耐力、連帯精神がナポレオン軍撃破の基礎になったという示唆である。

6　ビルマ(一九四八年にミャンマー連邦社会主義共和国として独立)は当時イギリス植民地下のインド帝国の一部だった。オーウェルはインド帝国警察の警察官として一九二二年から二七年まで五年間(十九歳から二十四歳まで)過ごした。「帝国主義を憎むようになった」いきさつはどのようなものであったか。それは、「絞首刑」(一九三一年)や「象を撃つ」(一九三六年)といったかれの短篇で推し量ることができる。

「絞首刑」は、イギリス植民地下のビルマのとある刑務所で、ある朝、衛兵たちが一人の死刑囚（インド人）の男を独房から引き出して、絞首台まで連れてゆき、予定どおり処刑を（きわめて事務的に）すませてもどってくるまでの話である。絞首台までの道で、一行について歩いていた語り手の「わたし」は、死刑囚のなにげない身ぶりに衝撃を受ける。絞首台までの道すがら、前を歩く囚人の褐色の背中を語り手は見ている。両腕を縛られて歩きにくそうだが、足取りはしっかりしている。一足ごとに筋肉がきちんと動いている。そのかれが、衛兵たちに両肩をおさえられながらも、途中の水たまりをひょいと避けたのだった。語り手の衝撃がつぎのように書き留められている。

奇妙なことだが、その瞬間までわたしは、一人の健康な、意識のある人間を殺すということがどういうことなのか、まったく分かっていなかった。ところが、囚人が水たまりを避けようとして脇にのいたのを見たとき、盛りにある生命を突然断ち切ってしまうことの不可解さを、その何とも言えない不正を悟った。この男は死にかけているわけではない。われわれが生きているのとまったくおなじように生きている。この男の体の器官は全部はたらいている。……踏み板の上に立たされたときにも、宙を落ちるあと残り十分の一秒の命というときにも、彼のつめはまだ伸びつづけているだろう。目は黄色の砂利と灰色の塀を見て、脳は依然として記憶し、予見し、推論している——水たまりのことでさえ推論したのだから。かれもわれわれも一緒に歩いている人間の一行で、おなじ世界を見、聞き、感じ、理解している。それがあと二分もすれば、突然ガタンといって、われわれのうちの一人が消えてしまう——精神がひとつ欠け、世界がひとつ欠けてしまう。

この物語で囚人の罪状が何であるのか、明記されていないが、植民地支配に抵抗した非合法運動にかかわるものであるということは十分に考えられる。死刑制度全般についてもあてはまることかもしれないが、語りは植民地制度の不正との関連をほのめかしている。処刑の仕事を終えた語り手をふくむ一行は、所長のおごりでウィスキーをいっしょに飲む。「絞首刑」はこう結ばれる。「われわれは、原住民もヨーロッパ人も区別なく、みんなして和気あいあいと、酒を飲んだ。男の死体は百ヤード離れたところにあった」。

7　オーウェルは一九二七年七月に休暇をとって帰国、同年十一月にインド帝国警察に辞職願を出し、一九二八年一月一日付けで退職。その後パリとロンドンで放浪生活を送る。パリでは貧民街に下宿してホテルの調理場で皿洗いのバイトをし、ロンドンでは貧民の宿泊施設に寝泊まりし、浮浪者と行動をともにして、かれらのくらしを観察した。それをもとに初めて刊行した本が『パリ・ロンドン放浪記』(*Down and Out in Paris and London*, 1933)だった。「犯罪者も同然の貧乏人」や浮浪者たちに対するまなざしがオーウェルならではのもので、自身も苦しむことになった貧困という問題について、独特の語り口で書かれている(邦訳、小野寺健訳、岩波文庫、一九八九年ほか)。

8　オーウェルは一九三六年六月九日にアイリーン・モード・オショーネシー(Eileen Maud O'Shaughnessy, 1905-45)とハートフォードシャー、ウォリントン村の教区教会で結婚式を挙げた。

9　スペイン内戦(Spanish Civil War)。一九三六年七月十七日にスペインの人民戦線(共和国)政府に対して、フランシスコ・フランコ(Francisco Franco, 1892-1975)将軍派が武装反乱を起こして内戦が勃発。右派のフランコ側は国内では地主、資本家、カトリック教会の支援を受け、国外からはイタリアのファシストとナチス・ドイツ(そしてポルトガル)がフランコ側を助けて多量の武器と兵力を送った。左派の人民戦線政府はソ連、メキシコおよび各国の左翼組織から支援を受けた。内乱の勃発はオーウェル夫妻の結婚式の翌月であり、「それから一週間もしないうちに〔ほぼおなじ週に〕」としているのは正確ではないが、オーウェルの頭のなかでは十年前のこれらの出来事が連続したものとして記憶されていたということなのであろう。

10　「執筆中の本」とは『ウィガン波止場への道』で、レフト・ブック・クラブ叢書の一冊として一九三七年に刊行された。本文の前段(二一一頁)で「数カ月間……英国北部の炭鉱夫の境遇を調べることに費やした」とあるのは、ヴィクター・ゴランツから依頼を受けての、このルポルタージュの調査が目的だった(期間は一九三六年一月末から三月末まで)。

11　「国際旅団」(Las Brigadas Internationales; International Brigade)はコミンテルン(共産主義インターナショナル)の主導によりスペイン共和国政府の援護のために一九三六年に結成された外国人義勇兵の部隊。これが人民戦線側の義勇部隊の主流で、約六万人が参加した。

POUM(Partido Obrero de Unificación Marxista マルクス主義統一労働者党)は一九三五年に反スターリニズム的なコミュニスト組織としてアンドレウ・ニン((Andreu Nin, 1892-1937)とホアキン・マウリン(Joaquín Maurín, 1897-1973)によって結成。「永久革命」論を唱えるなど、トロツキーの思想の影響を受けていた。スペイン行きを計画するに際して、オーウェルは最初ロンドンの共産党本部を訪ねて、イギリス共産党書記長のハリー・ポリット(Harry Pollitt, 1890-1960)に申し込んだが、色よい返事をもらえなかったため、独立労働党(ＩＬＰ)に斡旋を頼んだ。同党がＰＯＵＭと連帯していたため、オーウェルはＰＯＵＭを紹介されてそこに入隊することになった。彼がイギリスを発ってバルセロナに入ったのは一九三六年の暮れで、ＰＯＵＭへの入隊は翌一九三七年初めのことだった。アラゴン戦線の塹壕で冬をすごし、春に一時休暇をえてバルセロナに滞在していたときに、共和国政府側のセクト争いによる市街戦を目撃している。その後アラゴン戦線にもどっておよそ十日たったころ、敵の狙撃による銃弾が首を貫くという重傷を受けた。弾丸はほぼ正面、喉頭のすぐ下から入って、右側の背中の首の付け根から抜け出た。スペイン内戦で経験したことをオーウェルは『カタロニア讃歌』(*Homage to Catalonia*, 1938)に記録しており、この負傷のことも記している。「きわめてはっきりと覚えてはいるけれども、わたしが感じたことを説明するのはとてもむずかしい」と言いつつも、オーウェルはそのときのことをこう説明している。

大まかにいうと、爆発の中心にいるという感じだった。バーンという大きな音がして、まわりじゅうで目もくらむ閃光が走ったように思えた。そしてものすごい衝撃を感じた。それも、痛みはなくて、激しい衝撃だけ。感電したときみたいだった。それとともに、力がすっかり抜ける感覚。たたきつけられ、しぼんで自分が無になった感じ。稲妻に打たれたらおなじような感じがするのだろう。……つぎの瞬間、ひざがくずれて、倒れた。……しびれて目がくらむ感じがした。ひどい傷を負ったという意識はあったが、通常の意味での痛みはなか

った。（第十章）
オーウェルは口から血を泡のように吐きながら、担架にのせられて野戦病院に運ばれた。そんな大けがだったにもかかわらず、手当てを受けて奇跡的に一命をとりとめた。声帯が麻痺してしばらく声を出すことができず、また神経が損傷したため腕の痛みなどの後遺症がのこった。それでも、診察した医者は、弾丸が一ミリほど動脈を外れたのだと指摘し、出会った人たちはみな、首を銃弾で貫かれて死なずにすんだとはじつに運がよい、と言ったそうだ。オーウェル本人は、「そもそも弾に当たらないほうがずっと運がよかっただろう、と思わずにはいられない」（第十章）とコメントしている。

12　ソ連の「大粛清」は一九三六年の第一次モスクワ裁判から一九三八年頃までなので、オーウェルがPOUMに属していた一九三七年の上半期はその真っ盛りの時期に当たっていた。

13　「小さな村」とは英国ハートフォードシャーのウォリントン村で、そこの「ストアーズ（The Stores）」という店を賃借し、一九三六年四月に転居。スペイン内乱に義勇兵として参加したあと、一九三七年七月上旬にここにもどり、一九四〇年四月まで主にここに住んだ。ちなみに、この家のすぐ近くにある農場の名前は「荘園農場」（Manor Farm）だった。

14　オーウェルは第二次大戦中の一九四一年八月から一九四三年十一月まで、BBC放送東洋部インド課に勤務し、インド向けのラジオ放送の文化番組および戦況ニュース解説の企画、台本執筆、制作の仕事に多くの時間を費やした。

15　テヘラン会議（Teheran Conference）は一九四三年十一月二十八日から十二月一日にかけてイ

ランの首都テヘランで開かれた米英ソ首脳会議。ルーズベルト、チャーチル、スターリンが出席し、軍事上、政治上の重要な合意や意見交換がなされた。

16　一九四六年三月にはチャーチルの「鉄のカーテン」演説があり、オーウェルがこの序文を書いた一九四七年三月までに、米国を中心とする西側ブロック(資本主義圏)とソ連主導の東側ブロック(共産圏)との両極対立が顕著になっていた。すでに冷戦が始まっていたのである。

17　オーウェルの妻アイリーンは一九四五年三月に病院で手術の麻酔のために三十九歳の若さで急死した。夫婦は子供を授からず、一九四四年六月に生後三カ月の男の子を養子に迎え、リチャード・ホレイショー・ブレア(Richard Horatio Blair)と名づけた。なお、オーウェルは結核療養中の一九四九年十月(死の三カ月前)に病院でソニア・ブラウネル(Sonia Brownell, 1918–80)と再婚している。

18　『トリビューン』(*Tribune*)は一九三七年に労働党左派の二人の議員スタフォード・クリップス(Stafford Cripps, 1889–1952)とジョージ・ストロース(George Strauss, 1901–93)が反ファシズム、反宥和政策の共同戦線を築く運動の一環として創立した週刊紙。オーウェルは二年ちょっと勤めたBBC放送の東洋部インド課の仕事を一九四三年十一月に辞め、同月から一九四五年二月まで同紙の文芸欄の編集長を務めた。同紙に自身で八十六点の書評を書き、「わたしの好きなように」(As I Please)と題するコラムを連載するなど、多くの記事を寄稿した。

19　『ビルマの日々』(*Burmese Days*)はオーウェルの最初の長篇小説で、一九三四年にロンドンのヴィクター・ゴランツ社から刊行された(邦訳、大石健太郎訳、彩流社、一九八八年ほか)。

20　スペイン内戦に参加した経験を綴った『カタロニア讃歌』はロンドンのセッカー・アンド・ウォーバーグ社より一九三八年に刊行された(邦訳、都築忠七訳、岩波文庫、一九九二年ほか)。

21　『批評論集』(*Critical Essays*)はセッカー・アンド・ウォーバーグ社から一九四六年に刊行された。収録エッセイは「チャールズ・ディケンズ」、「少年週刊誌」、「ウェルズ・ヒトラー・世界国家」、「ドナルド・マッギルの芸術」、「ラドヤード・キプリング」、「W・B・イェイツ」、「聖職者の特権——サルバドール・ダリについての覚書」、「アーサー・ケストラー」、「ラフルズとミス・ブランディッシュ」、「P・G・ウッドハウス弁護」の十篇。おなじ編成でタイトルを『ディケンズ・ダリその他——民衆文化研究』(*Dickens, Dali & Others: Studies in Popular Culture*)とした米国版が同年にニューヨークのレイナル・アンド・ヒッチコック社より刊行されている。

オーウェルと山羊のミュリエル.
ハートフォードシャー，ウォリントンの田舎家にて．1939 年夏.

解　説——ディストピアのおとぎばなし

本書は英国の作家ジョージ・オーウェル（一九〇三―五〇）の『動物農場——おとぎばなし』(George Orwell, *Animal Farm: A Fairy Story*, London: Secker and Warburg, 1945)の翻訳である。底本にはピーター・デイヴィソン編による全集版(*The Complete Works of George Orwell*, edited by Peter Davison, 20 vols., 1986-98, vol. 8, 1987)を使用した。二つの付録「出版の自由(The Freedom of the Press)」と「ウクライナ語版のための序文(Orwell's Preface to the Ukrainian Edition of *Animal Farm*)」についてもおなじく全集版を用いた。

ジョージ・オーウェルの経歴については、「ウクライナ語版のための序文」(付録2)でオーウェル自身が略歴を記しており、また本文庫所収の『オーウェル評論集』にも小野寺健氏による訳者解説で要を得た略伝が記されているので、ここでは割愛する。本稿では、『動物農場』出版の経緯、時代背景、さらに「おとぎばなし」というサブタイトルを付けてオーウェルがこの物語を書いたことの意味合いについて述べておきたい。

『動物農場』の出版

『動物農場』の初版がロンドンの書肆セッカー・アンド・ウォーバーグ社から刊行されたのは一九四五年八月十七日のことだった。日本がポツダム宣言を受諾して降伏したのが同年の八月十五日、事実上これで第二次世界大戦が終結したわけなので、終戦の二日後に(そして広島、長崎の原爆投下と同月に)これが出たことになる。初版四千五百部(価格は六シリング)はたちまち売り切れた。紙不足のため、二刷(一万部)が出たのはようやく十一月に入ってからのことだったが、その後六十年以上をへた現在まで版が途切れたことはない。米国版は英国版より一年遅れ、一九四六年八月にニューヨークのハーコート・ブレイス社から刊行された(初版五万部、価格は一ドル七十五セント)。さらに、米国では同年にこれが「ブック・オヴ・ザ・マンス・クラブ」(一九二六年設立の米国最大の通信会員制のブック・クラブ。会員に書籍を安価で頒布)の推薦図書に選定され、同クラブ版として(版元はおなじくハーコート・ブレイス社、価格は二十セント)二刷五十万部を超える桁違いの部数が出た。翻訳版も、ポルトガル語、ドイツ語、オランダ語、テルグ語ほか、オーウェルの存命中(つまり初版刊行後の四年半の期間)だけでも十八カ国語に翻訳されている。

それまで『ウィガン波止場への道』(一九三七年)や『トリビューン』紙ほかの新聞コラムなど、むしろジャーナリストとして英国内ではある程度名を知られてはいたものの、たとえば同年生まれのイーヴリン・ウォー(一九〇三―六六)が二十歳代から脚光を浴びていたのに比べれば、作家としてはさほど注目されておらず、ましてや米国では、『パーティザン・レヴュー』誌への時事評論などでごく一部に知られているのを例外とすれば、無名に等しかった。それが『動物農場』の大ヒットによって、英米で、また他の国々で、作家ジョージ・オーウェルの名前が一挙に高まることとなった。

このように結果としてベストセラー(そしてロングセラー)となったので、『動物農場』が複数の出版社にさんざん断られた末に、セッカー・アンド・ウォーバーグ社の社長フレドリック・ウォーバーグ(一八九八―一九八〇)が出版を英断してようやく陽の目を見た作品であったというのは、意外に思われることかもしれない。オーウェルはこれを第二次大戦中の一九四三年十一月に書き出し、四四年二月に書き終えた(翌三月にタイプライターで完成原稿を打ち終えている)。脱稿から刊行までに一年半を要したことになる。出版が難航することは本人が予想していたことであった。ロシア文学者のグレブ・ストルーヴェ(一八九八―一九八五。当時ロンドン大学のスラヴ・東欧研究科の教員。オーウェルにザミャーチンの『われら』の存在を教示)に宛てた一九四四年二月十七日付の手紙でオーウェルはこう書いている。「ちょっとした風刺文《スクィブ》を書いているところです。これが出たら楽しんでいただけるかもしれませんが、政治的に差し障りがあるものなので、はたして出版してくれるところがあるかどうか、はなから確信がもてずにいます。こう申し上げれば、その主題が何か、お察しいただけるのではないでしょうか」。

その主題とは、むろん、ソ連(ソヴィエト社会主義共和国連邦)批判ということである。ソ連とドイツは第二次大戦(一九三九—四五年)が勃発した時点では独ソ不可侵条約を結んでいたが(一九三九年八月に締結)、一九四一年六月にドイツがその条約を反故にしてソ連侵攻を開始すると、ソ連はイギリスと同盟を結び、ドイツを共通の敵として戦うことになった。米国もソ連への援助を開始した。スターリングラード攻防戦(一九四二年八月—四三年二月)でのソ連の最終的勝利が大戦全体の劃期となり、共通の敵を相手に戦う頼もしい同盟国として、英国民はソ連に対して概ね好意を抱いていたといっていい。そうした状況でソ連批判の本を出すのは難しいだろうとオーウェルは予測したのである。

じっさい、それは懸念したとおりになった。一九四四年三月から七月までの四カ月間に『動物農場』のタイプ原稿がロンドンの四つの出版社に順次持ち込まれ、すべてが拒否された。契約上オーウェルの小説作品の最初の選択権を有していたヴィクター・ゴランツ社にまず筋を通して一九四四年三月下旬に原稿を見せたところ、予想どおりすぐに付き返してきた。次に四月半ばにニコルソン・アンド・ワトソン社に断られ、六月半ばにはジョナサン・ケイプ社にも断られた。ケイプ社は、本書に収録した「出版の自由」(付録1)でオーウェルが書いているように、一度は出版を引き受けておきながら、「情報省の高官」の示唆を受けて企画を没にした。そのあと六月末に、フェイバー・アンド・フェイバー社にもちかけた。オーウェルとの交渉の窓口に立ち、査読者の一人でもあったのが、同社の重役、詩人T・S・エリオット(一八八八―一九六五)である。七月中旬、エリオットはオーウェルに断りの手紙を書く(十二年前の『パリ・ロンドン放浪記』につづいて、オーウェルの本の企画でエリオットが同社での出版を断ったのはこれが二度目となる)。現下の情勢でこの本を出すのは政治上好ましくない、という主たる理由は先行の出版社と同様であったが、エリオットは断り状のなかでこんなことも書いている。「思うに、この喩え話への私自身の不満は、否定的な効果しかないということだと思います。作者が異を唱えることがらに対してだけでなく、作者が望んでいることにも〔読者の〕共感をかきたてるべきです。そして肯定的な見解は、概してトロツキスト的であると私は解するのですが、説得力がありません。……結局のところ、貴兄の豚はほかの動物よりもはるかに知的であり、それゆえ農場を運営するのに最適なのです――じっさい、豚がいなかったら動物農場などありえなかったことでしょう。したがって、必要なのは（と主張することができるのでしょうが）、より多くの共産主義ではなくて、より公共心に富んだ豚だったのです」（一九四四年七月十三日付）。

米国ではニューヨークのダイアル・プレス社に原稿を送ったが、「アメリカでは動物語を売るのは無理」という理由をつけて却下してきたという。次々と出版を断られたオーウェルはかなり意気阻喪し、これ以上出版社探しで時間を無駄にするより自費出版で出してしまおうと思うに至る。そのために友人のデイヴィッド・アスター（一九一二―九三。一九四八―七五年『オブザーヴァー』紙編集長）に二百ポンドの借金を申し入れ、おなじく友人で詩人のポール・ポッツ（一九一一―九〇。小出版社ホイットマン・プレスを主催し、多少の用紙の配給が見込めた）の助けを借りて、一部二シリングの安価なパンフレットのかたちで自費出版する段取りにかかった。レナード・ムーア（?―一九五九。オーウェルの著作権代理人）宛ての一九四四年七月十八日付の手紙でオーウェルは、「いま書物の需要はありますし、儲けはたいして見込めないことでしょうが、一、二社の新聞に根回しすれば、きっと元を取るぐらいのことはできると思います。おわかりのように、この本を印刷することが大事なのであり、それもできれば今年出したいのです」と書いている。ポッツの回想によれば、この自費出版を進めるに際して、オーウェルは「出版の自由」についての序文を附したいという意向を示した(ポール・ポッツ『ダンテはあなたをベアトリーチェと呼んだ』一九六〇年)。

『動物農場』のタイプ原稿がフレドリック・ウォーバーグのもとに送られたのは一九四四年七月末のことである。セッカー・アンド・ウォーバーグ社は以前に『カタロニア讃歌』(一九三八年)、『ライオンと一角獣』(一九四一年)と、オーウェルの二冊の本を出していて、オーウェルの政治的立場について理解がある左翼系の出版社であり、最初からウォーバーグに企画を持ちかければ出版交渉の手間が省けたのかもしれない。上記のケイプ社やフェイバー社を優先的に試したのは、これら二社がウォーバーグ社より格上の出版社であり、それゆえ、印刷用紙が配給制となっていた戦時下にあって、用紙の確保が比較的容易で早めに刊行できそうであった(逆にウォーバーグ社はそれが困難だった)という事情がある(また、作家としては、声望の高い版元から出したいという気持ちもたしかにあったことだろう)。ウォーバーグが出版を了承したのは一九四四年八月末のことだった。それからさらに一年かかり、一九四五年八月にようやく出版されたことは最初に述べたとおりである。遅延の理由はやはり紙不足のためであったのだろうが、ウォーバーグでさえもが戦時中の出版を逡巡し、それで必要以上に延ばしたのだとする見方が(少なくともオーウェル本人に)あった。ちなみに、初版のコピーライト・ページには「一九四五年五月初版(First Published May 1945)」と刷られていて、制作の最終段階でさらに刊行が三カ月延びたことがわかる。

さて、このように『動物農場』は、第二次大戦中の国際情勢ではソ連批判の書であるということが障壁になって出版まで長い時間がかかったのだが、刊行されるとおなじ理由でベストセラーになったのであった。まことに矛盾した話に聞こえるが、これは英米とソ連の関係が終戦時を境目として大きく様変わりした事実を反映している。戦後、米ソ二大国を中心としたブロック化が急速に進み、両陣営の対立構造が強まる。一九九一年のソ連解体までつづく冷戦体制の到来である。ソ連の東側ブロックには東欧諸国などが共産圏として、米国を中心とする西側ブロックには西欧諸国や日本をふくむ世界各地の資本主義国が組み込まれ、互いを仮想敵とみなして、険悪な敵対関係が生じた。そのような戦後体制にむかおうとする時期にこの物語が出たというのは(これはけっしてオーウェルの本意ではなかったはずだが）[*]、話題性という点からすると、まことにタイムリーだったのである。

＊オーウェル・アーカイヴ（ロンドン大学ユニヴァーシティ・コレッジ附属図書館）には『動物農場』のタイプ原稿と校正刷り一式が保存されているが、両者の注目すべき異同のひとつとして、タイプ原稿では最後に "THE END" とだけあるのが、校正刷りでは "THE END" の文字はなく、そこにインクで "November 1943 - February 1944" と加筆されているという点があげられる。そのように執筆期間を明記し、連合国の勝利が確実となって人びとが戦後体制に目をむけだした（そして英米とソ連との利害の不一致をより強く意識しはじめた）**この時期に書いたものではない**、と主張することがオーウェルにとって重要なことだった。なお、"THE END" の省略はおそらく編集者の処理によるもので（これは初版以降普及版で長らく欠けていた）、デイヴィソンが全集版でそうしたように、「おとぎばなし」という枠組み（これについては後述する）から言っても、オーウェルのタイプ原稿どおりにこれを復元するのが適切であると訳者も考える。それで本訳書では "THE END" と "November 1943 - February 1944" の両方を省略せずに訳した。ただし、本書では「おしまい」のあとに執筆期間を付した点がデイヴィソンの処理と逆である。「おしまい」は「おとぎばなし」にふくまれるが、執筆期間の記載はその外部にあると思えるからである。

「ソヴィエト神話の正体をあばく」

動物寓話のかたちをとる『動物農場』には実名はひとつも出てこないが、ロシア革命以後のソ連史をふまえているのは(少なくとも当時の読者の大半にとって)一目瞭然だった。オーウェル自身、「ウクライナ語版のための序文」で、この物語を書いた動機は、「ほとんどだれにでも簡単に理解できて、他国語に簡単に翻訳できるような物語のかたちでソヴィエト神話を暴露すること」だったと述べている。「ソヴィエト神話」とは、平たく言えば、「ソ連の政治体制について人びとが抱いていた、まちがった思い込み」ということであり、ソ連を階級差別と貧富の差が消えた輝かしい理想の共産主義国とみなす(かれに言わせれば当時の左翼知識人が抱きがちな)幻想を指すものだった。両大戦間期における英国(特に北部)の不況という暗い現実と、ソ連の計画経済の躍進という外見上は輝かしいイメージとの落差が大きかったためであると思われるが、ソ連を望ましき未来社会のモデルとして称揚する論調がとりわけ一九三〇年代に目立ったのである。神話化(理想化)のあまり、その暗黒面が見えなかった。その最たるものが「粛清裁判」だった。

一九一七年の三月革命でロマノフ王朝が倒され、十月革命でボルシェビキ(共産党多数派)によりソヴィエトが樹立、その指導者であったレーニン(一八七〇―一九二四)の時代でもすでに共産党の一党独裁が進められていたが、レーニンが表舞台から消えた頃から、スターリン（一八七九—一九五三）の独裁体制の地固めとして、テロとしての「粛清《パージ》」がじわじわと進んでゆく。レーニン没後の一九二五年には最大の政敵トロツキー（一八七九—一九四〇）を失脚させる。性格的にも対照的なスターリンとトロツキーの役割は、『動物農場』ではそれぞれナポレオンとスノーボールという二頭の豚が演じている。結局トロツキーは党から除名され、国外追放の処分を受ける（最後は一九四〇年にメキシコでスターリンの刺客に暗殺された）。物語ではナポレオンが子飼いの犬をけしかけてスノーボールを農場から追放するくだりでそれが描かれる（第五章）。

こうしてスターリンは、ほかにも多くの政敵を排除してゆき、やがて一九三六年に第一次モスクワ裁判に至る。スターリンのかつての同志ジノビエフ（一八八三—一九三六。一九一九—二六年までコミンテルン議長をつとめた）らが逮捕され、でっち上げられた罪状を認め、裁判がすむとすぐに銃殺刑に処された。これを初めとして、身に覚えのない罪で告発され、ありもしない自白を強要されるという、国家裁判が無数になされる。「人民の敵」を追及する「粛清」という名の国家テロは一九三八年のブハーリン（一八八八—一九三八）らの裁判までつづき、その数年間に、共産党幹部から農民に至るまで、数百万人が犠牲になったとされる。

この粛清裁判は『動物農場』では、ナポレオンに反抗した豚や鶏が中庭に引き立てられて、スノーボールの手先であったと自白させられる場面で描かれる。自白を終えたかれらはナポレオンの子飼いの犬に嚙み殺される。「かれらはみなその場で殺されました。このようにして、告白と処刑がえんえんとつづいてゆき、ナポレオンの足もとに動物の死《し》骸《がい》が山と積まれ、空気中には血なまぐさいにおいがたちこめました」（第七章）。

このように、ソ連史の重要な局面が『動物農場』のなかに書き込まれている。ロシア革命はもとより、一九二五年以後の第一次五カ年計画における農業集団化計画（風車建設のエピソード）、三九年の独ソ不可侵条約の締結（フレデリックとナポレオンの材木売買の取引）、その条約を破っての四一年のドイツ軍によるソ連侵攻（〈風車のたたかい〉のくだり）*、そして四三年のテヘラン会談（ナポレオンとピルキントンらの会合）に至るまでの経緯が動物寓話のかたちをとってきっちりと書き込まれている。

＊第八章でフレデリックとその一味が動物農場に奇襲攻撃をかけて風車を爆破したとき、その轟音に「ナポレオンをのぞいて、動物たちはみんな、地面にはいつくばり顔をかくしました」（一二四ページ）とあるが、この箇所の「ナポレオンをのぞいて（except Napoleon）」は、タイプ原

稿でも校正刷りでも「ナポレオンをふくめて(Napoleon included)」とされていた。この細部の変更は独ソ戦におけるスターリンの行動について得た情報に関わる。その変更を出版社に指示した手紙でオーウェルはこう説明している。「本が印刷されてしまっていれば気にすることもないのですが、こう変更するのがＪＳ〔スターリン〕に対して公正を期することになると考えたのです。ドイツ軍の進撃中にかれは実はモスクワにとどまっていたのですから」(ロジャー・センハウス宛、一九四五年三月十七日付)。こういう馬鹿正直なところがオーウェルらしい。

そのようなソ連の実態をオーウェルが認識したのはスペイン内戦に参加した経験によるものだった。一九三六年の暮れにバルセロナ入りしたかれは、翌三七年初めに民兵組織ＰＯＵＭ《ポウム》(マルクス主義統一労働者党)に入隊。アラゴン戦線の塹壕で冬をすごし、春に一時休暇をえてバルセロナに滞在していたときに、共和国政府側のセクト争いによる市街戦に巻き込まれる。その後アラゴン戦線にもどったが、敵の狙撃で銃弾が首を貫く重傷を負い入院。さらにはポウムに対する共産党の粛清がはじまり、かれの身もあやうくなったが、危機一髪のところでフランスに脱出。これについては、ルポルタージュ文学の傑作であるかれの『カタロニア讃歌』に詳しい。

オーウェルがスペイン内戦に関わったとき、まさにソ連本国は粛清の真っ只中で、その余波をこうむったということになる。ファシズムに対して共に戦っているはずが、自分の所属した民兵部隊が「トロツキー主義者」の名で共産党から迫害され、仲間の多くが投獄されたり殺されたりし、かれ自身の命もおびやかされた。その恐怖を身をもって体験したことが、いち早く「粛清《パージ》」(本来は「不正を除いて浄化する」の意)という聞こえのよい名のテロ行為の暴虐さを認識し、ソ連を理想の人民国家と見る「神話」を(自身の信奉する「民主的社会主義」の立場から)暴かねばならないと確信させたのだった。「出版の自由」の冒頭で「この本(『動物農場』)を最初に思いついたのは、中心となるアイデアにかぎれば一九三七年だった」と書いているのは、このような「裏切られた革命」をスペインの地で直に経験したことが『動物農場』の端緒になったという意味なのである。

ディストピアのおとぎばなし

『動物農場』につづき、一九四九年に『一九八四年』を刊行したオーウェルは、翌五〇年一月に四十六歳の若さで病没する。冷戦構造が固まってゆく世界情勢のなかで、西側陣営の先鋒に立つ者、特に米政府筋は、反ソ＝反共主義を体現するアイコンとしてオーウェルを利用してゆく。その際に、オーウェル自身の社会主義者としての信条は隠して、ソ連の体制のみならず、冷戦体制の西側(資本主義)陣営の正統的教義にとって望ましからざる共産主義および社会主義思想全般に敵対する存在としてオーウェルを祭りあげる傾向が、特に米国を中心にして強まる。そのように使われては困るという趣旨の発言をかれは生前にしているが、それは聞き届けられなかった。

本訳書は、表題を『動物農場──おとぎばなし』とし、サブタイトルを省略していないが、過去の諸版では必ずしもこのかたちになっていない。とりわけ、米国版では、ハーコート・ブレイス社の一九四六年の初版以来、「おとぎばなし(Fairy Story)」というサブタイトルを記さず、メインタイトルのみで流布してきている(これは米国で冷戦の初期に反共宣伝に利用されたことと無関係ではないと思われる)。

「おとぎばなし」に当たる英語としては「フェアリー・テール(Fairy Tale)」のほうが一般的なのだが、「フェアリー・ストーリー」もオーウェルの造語ではべつになくて、十九世紀半ば以降よく使われている。たとえば『指輪物語』の作者J・R・R・トールキン(一八九二―一九七三年)は、文学形式としてのおとぎばなしの価値を説く講演を"On Fairy-Stories"と題して一九三九年におこなっている。これは邦訳では「妖精物語について」と訳されている(『妖精物語の国へ』杉山洋子訳、筑摩書房、二〇〇三年、所収)。トールキンの物語であれば、たしかにエルフをはじめさまざまな「妖精」が登場するのでそう訳されているのだろうが、「フェアリー・テール」であれ、「フェアリー・ストーリー」であれ、妖精《フェアリー》が登場しなければならないというきまりはない。『動物農場』の場合も、異界の妖精が出てくるわけではなく、ジョーンズほかの人間、英国の農家にふつうに見られる家畜（豚、牛、馬、犬、羊、山羊、ろば）、家禽（鶏、鵞鳥、家鴨）、愛玩動物（猫）、鳩や雀、また鼠や兎などの野生動物、といった登場人物（動物）からなり、いずれも実在の生き物をその生態に即しつつ、それぞれに伝統的に附与された文化的なイメージ（動物のフォークロア）を混ぜ合わせて、アクションが構成されている。

家畜を用いた動物物語を書くのはオーウェルの性に合っていたと思われる。自伝的なエッセイ「あの楽しかりし日々」のなかでかれは「わたしの子供時代と、二十歳頃までの楽しい思い出の大半は、なんらかの点で動物と結びついていた」と述べている。一九三六年にハートフォードシャーの小村ウォリントンに田舎家を借りて住んだときには、鶏や鵞鳥や山羊（ミュリエルと名づけた）を飼っていたし、晩年にジュラ島（スコットランド）に住んだ時期にも山羊、牛、ポニー、豚を飼った（豚は嫌いだったようだが）。都会の喧騒を離れた田舎で畑を耕し、釣りをし、家畜の世話をすることがオーウェルの理想のくらしだったと思われ、そんなかれにとって、戦時下のロンドンのフラットにいて妻アイリーンに読み聞かせて感想を聞きながら動物の「おとぎばなし」を書き進めるのは、苦労をともないつつも、楽しい営為であったことだろう。

そもそも「おとぎばなし」というジャンルにオーウェルはずっと関心を有していた。少年時代にかれはビアトリクス・ポターの『こぶたのピグリン・ブランドのおはなし』(一九一三年)を愛読していたことが知られている(この絵本では豚が二本足で歩く)。BBCに勤務していた一九四三年十一月にはインド向け放送用にアンデルセン童話「裸の王様」を脚色している。その後も一九四六年七月に「赤ずきん」をBBC番組『子どもの時間』用に脚色し、一九四七年一月二十五日付のレイナー・ヘッペンストール宛の手紙では、ラジオ向けに「おとぎばなし」を脚色することに関心があると書き、「シンデレラ」が最高の「おとぎばなし」であると評価している。また、一九四六年には、(実現はしなかったが)セッカー・アンド・ウォーバーグ社で英国伝承童謡の選集を出す企画に関わったことも記録されている。

『動物農場』をなによりも「おとぎばなし」としているのは、イソップ童話以来の動物寓話の約束事、すなわち「もの言う動物」の説話の約束事に従っている点であろう。動物たちは、言語を駆使することができる。歌も歌える、笑うこともできる、程度の差はあるが読み書きもできる、だが四本足でいて二本足で歩くことはできないということが、冒頭から最後の第十章に入ったところまで、語りの形式的前提をなしている。じっさい、〈反乱〉後に動物たちが農作業をする場面では、農耕具が人間用の「うしろ足で立つ必要がある道具」(第三章)なので別の方途を考案しなければならない。第六章の風車建設のくだりでも、石を割るためには「鶴嘴《つるはし》と鉄梃《かなてこ》」しかないと思われたが、「うしろ足で立てる動物はいないので、だれにもそうした道具はつかえません」とある。「おとぎばなしの文法」の核をなすものとして、これが物語の形式上の論理として、本来なら最後まで貫かれているはずのものである。

一方、物語世界の次元で考えるなら、二本足はひとえに抑圧者たる人間、「ものを生み出さずに消費ばかりする生き物」である人間の属性であって、けっして二本足に堕さぬこと、四本足でありつづけることが動物たちの同志的連帯の根幹をなしている。それは動物農場の憲法にあたる〈七戒〉の第一、二条(「二本足で歩くものはすべて敵である」「四本足で歩くもの、あるいは羽根があるものはすべて友だちである」)に明記されているとおりである。ナポレオンが独裁者としてどんなにひどいまねをしても、四本足でいるかぎりは、仲間なのだから、じぶんたちを決定的に裏切ることはないと動物たちは信じている。だからこそ、ほかの豚たちといっしょに、ナポレオンみずからが、前足に鞭をもち、二本足でのったりと歩き出す問題の場面（第十章）は、他の動物たちにとって、驚天動地の出来事なのである。

物語中の動物たちだけでなく、読み手にとっても、この箇所はびっくりする場面だといえる。なにしろここに至って「文法」から逸脱し、破格の「おとぎばなし」となってしまうからだ。「もの言う動物」でありつつも、人間のように直立歩行しないということが、語りの約束事になっていて、それまではその形式がきちんと守られていた。それがここであえなく破られてしまう。物語の形式と、物語世界の中身の両方で、ここに断絶が生じる。このような二重の意味での「違反行為」は、オーウェルがあばきだそうとしたものの暴虐さ、非道さを読み手にはっきりと知らせるのに大きな働きをおよぼしていると言えよう。副題で「おとぎばなし」と銘打ちながら、結末は「そしてそれからずっとみんなしあわせにくらしました（And they all lived happily ever after）」という定型を転倒させて、勧善懲悪どころか、善玉が負け、悪玉が跳梁跋扈する、とんでもない結末となり、「おしまい」で結ばれる。それは「裏切られた革命」の果てに招来したディストピア（逆ユートピア）世界の本性を浮き彫りにするためのアイロニーに満ちた語りの仕掛けなのであり、その意味でこの物語は「ディストピアのおとぎばなし」とでも称するべきユニークなジャンルを作り上げていると言っていいだろう。

ディストピアのことばづかい

『動物農場』とそのあとに書かれた『一九八四年』とを比べると、前者が動物寓話の「おとぎばなし」、後者が自然主義小説と、たがいに異なる形式だが、スターリン体制をひとつの典型とする全体主義的な心性を表わそうという共通の目的をもち、さらに政治権力と言語問題との相関関係に重大な関心をはらっている点でも共通する。

オーウェルはエッセイストとしても良質の仕事を残した（エッセイのほうが重要だとする評価もある）。そのひとつ「政治と英語」（一九四六年）のなかで、かれは「婉曲法と論点回避と、もうろうたる曖昧性」からなる現代政治の言葉を批判し、政治の堕落と言語の堕落が強く結びついていると述べた。政治の革新に必要な第一歩は、直裁簡明な言語によって明確に考えることだ。言語から改善すれば、政治をいくぶんかでも良くできるだろう。しかし反対に、言語を周到に、修復不可能と見えるまでに悪化させてしまった社会とはどのようなものか。オーウェルは二つの物語でそれを想像し、提示したのである。

『動物農場』では政治の悪化を示す言語使用の状況は二つの面で語られる。ひとつは動物たちの憲法にあたる「七戒」の改竄《かいざん》。これは条文の最後に但し書きを加えることでなされる。「動物はベッドで寝るべからず」とあったのが、豚が人間のベッドを使うようになると「シーツを用いては」という句が加わる（第六章）。「酒を飲むべからず」は、豚が飲酒にふけるようになると「過度には」が加わる（第八章）。危険分子の粛清がはじまると、「ほかの動物を殺すべからず」には「理由なしには」という句がつく（第八章）。これらの追加の但し書きは原文では“with sheets,”“to excess,”“without cause”と、いずれも二つの英単語からなり、これをセンテンスの末尾に加えるだけで、まるで「おとぎばなし」の魔法のように、禁止事項が限定的な許可を示す条文に反転してしまう。きわめつきは最後の第七条「すべての動物は平等である」で、そのあとに「しかしある動物はほかの動物よりももっと平等である」が加わり、「平等」という語が無意味に（あるいは、それが何らかの意味をもつとすれば、ねじまげられた意味に）されてしまう。

『動物農場』での言語の堕落は、さらに宣伝係の豚スクィーラーの詭弁によっても示される。その特徴は「政治と英語」でオーウェルが「大げさな言葉づかい」と名づけているもの（これも一種の「婉曲法」に入る）、つまり「単純な言明を過度に飾りたて、偏った判断を科学的に中正であるかのように感じさせるために使われる」言葉づかいである。使用語彙もギリシア語やラテン語起源の音節の多い抽象語の頻度が高い(これはスノーボールの発言部分でも目立つ特徴である)。分かりやすい単語を基本とする地の文が背景にあるので、「長たらしい」単語が突出し、そのコントラストのために、新たな権力者となった豚たちのグロテスクな言語使用の実態がはっきりと浮かびあがって見える。たしかに動物農場においても、政治の堕落と言語の堕落は不可分に結びついている。

そういうわけで、エッセイ「政治と英語」で示した提言の陰画が『動物農場』に描かれていると見ることができるだろう。このテーマをオーウェルは『一九八四年』でひきつづき追究することになる。そのディストピア世界では、使用語彙の削減や統語法の組織的な操作によって、一般市民が反体制思想をいだけぬようにする「ニュースピーク」の原理が、独裁体制を保持するために必須の装置となるだろう(以上の諸点について、詳しくは拙著『オーウェルのマザー・グース』〔平凡社、一九九八年〕を参照されたい)。

＊

初訳の永島啓輔訳『アニマル・ファーム』(大阪教育図書、一九四九年)以来、『動物農場』

は訳者の知るかぎりこれまで八種類の日本語訳が出ている。そのなかでいちばん新しいのは一九八四年の開高健訳(『今日は昨日の明日——ジョージ・オーウェルをめぐって』筑摩書房、一九八四年、所収)であるから、本書は四半世紀ぶりの新訳ということになる。

翻訳するうえでわたしがなによりも心がけたのは、いわば、「イギリスのけものたち」の生身の体を極力損なうことなく、「ディストピアのおとぎばなし」のスタイルをいかに日本語で表現するか、ということだった。前に引いたエリオットの評言を用いて、わたし自身の経験に即してかれと逆のことを言うならば、『動物農場』は「作者が異を唱えることがらに対してだけでなく、作者が望んでいることにも共感をかきたてる」物語であるとわたしは思う(ディストピアのかたちによってしか語りえない希望というものも、またあるのだ)。語りの襞に見え隠れする「望み」も損なわずに日本語にしようとすると、これはオーウェルが言うほどには「他国語に簡単に翻訳できる」ような物語ではないというのが、訳してみての実感である。それをどのくらいなしえているか、これは読者の判断にゆだねるしかない。

なお、第一章から第三章までの全文と第十章の一部は、拙著『「動物農場」ことば・政治・歌』(みすず書房、二〇〇五年)に収録した抄訳に手を加えたものである。また、『動物農場』の序文として書かれたオーウェルの二つのエッセイを附したが、そのうち「出版の自由」は『オーウェル評論集』(小野寺健編訳、岩波文庫、一九八二年)に、「ウクライナ語版のための序文」は『象を撃つ——オーウェル評論集1』(川端康雄編、平凡社ライブラリー、一九九五年)に、いずれも小野寺健氏の訳で収録されている。新訳にあたり、その御訳業を参照させていただいた。

関連資料の調査については、オーウェル・アーカイヴ(Orwell Archive ロンドン大学ユニヴァーシティ・コレッジ付属図書館)のダン・ミッチェル氏(Dan Mitchell, UCL Special Collections)にご協力をいただいた。庄子ひとみ氏(ロンドン大学キングズ・コレッジ)、田中美和氏(日本女子大学)のお二人には翻訳原稿を読んでいただき助言を頂戴した。升井裕子氏(日本女子大学)にも資料調査でお世話になった。本訳書の企画の橋渡しをしてくださった岩波書店編集局の石橋聖名氏、そして編集を担当してくださった同編集局の小口未散氏にも感謝申し上げる。

二〇〇九年六月二十四日(ミッドサマー・デイ)

川端康雄

動物農場《どうぶつのうじょう》——おとぎばなし
ジョージ・オーウェル作

2009年7月16日　第1刷発行

訳　者　川端康雄《かわばたやすお》

発行者　山口昭男

発行所　株式会社　岩波書店
〒101-8002 東京都千代田区一ツ橋2-5-5
案内 03-5210-4000　販売部 03-5210-4111
文庫編集部 03-5210-4051
http://www.iwanami.co.jp/

印刷 製本・法令印刷　カバー・精興社

ISBN 978-4-00-322624-7　Printed in Japan

読書子に寄す

――岩波文庫発刊に際して――

岩波茂雄

真理は万人によって求められることを自ら欲し、芸術は万人によって愛されることを自ら望む。かつては民を愚昧ならしめるために学芸が最も狭き堂宇に閉鎖されたことがあった。今や知識と美とを特権階級の独占より奪い返すことはつねに進取的なる民衆の切実なる要求である。岩波文庫はこの要求に応じそれに励まされて生まれた。それは生命ある不朽の書を少数者の書斎と研究室とより解放して街頭にくまなく立たしめ民衆に伍せしめるであろう。近時大量生産予約出版の流行を見る。その広告宣伝の狂態はしばらくおくも、後代にのこすと誇称する全集がその編集に万全の用意をなしたるか。千古の典籍の翻訳企図に敬虔の態度を欠かざりしか。さらに分売を許さず読者を繫縛して数十冊を強うるがごとき、はたしてその揚言する学芸解放のゆえんなりや。吾人は天下の名士の声に和してこれを推挙するに躊躇するものである。このときにあたって、岩波書店は自己の責務のいよいよ重大なるを思い、従来の方針の徹底を期するため、すでに十数年以前より志して来た計画を慎重審議この際断然実行することにした。吾人は範をかのレクラム文庫にとり、古今東西にわたって文芸・哲学・社会科学・自然科学等種類のいかんを問わず、いやしくも万人の必読すべき真に古典的価値ある書をきわめて簡易なる形式において逐次刊行し、あらゆる人間に須要なる生活向上の資料、生活批判の原理を提供せんと欲する。この文庫は予約出版の方法を排したるがゆえに、読者は自己の欲する時に自己の欲する書物を各個に自由に選択することができる。携帯に便にして価格の低きを最主とするがゆえに、外観を顧みざるも内容に至っては厳選最も力を尽くし、従来の岩波出版物の特色をますます発揮せしめようとする。この計画たるや世間の一時の投機的なるものと異なり、永遠の事業として吾人は微力を傾倒し、あらゆる犠牲を忍んで今後永久に継続発展せしめ、もって文庫の使命を遺憾なく果たさしめることを期する。芸術を愛し知識を求むる士の自ら進んでこの挙に参加し、希望と忠言とを寄せられることは吾人の熱望するところである。その性質上経済的には最も困難多きこの事業にあえて当たらんとする吾人の志を諒として、その達成のため世の読書子とのうるわしき共同を期待する。

昭和二年七月